ESPASA JUVENIL

ESPASA JUVENIL

Caminos sin trazar
CONSUELO ARMIJO

67

ESPASA

ESPASA JUVENIL

Director Editorial: Juan González Álvaro
Editora: Nuria Esteban Sánchez
Diseño de Colección: Juan Pablo Rada
Realización de Cubierta: Ángel Sanz Martín
Ilustración de Cubierta: Tino Gatagán

© Consuelo Armijo
© Espasa Calpe, S. A.

Primera edición: septiembre, 1998

Depósito legal: M. 22.124-1998
I.S.B.N.: 84-239-9037-0

Reservados todos los derechos. No se permite reproducir, almacenar en sistemas de recuperación de la información ni transmitir alguna parte de esta publicación, cualquiera que sea el medio empleado —electrónico, mecánico, fotocopia, grabación, etc.—, sin el permiso previo de los titulares de los derechos de la propiedad intelectual.

Impreso en España/Printed in Spain
Impresión: Huertas, S. A.

Editorial Espasa Calpe, S. A.
Carretera de Irún, km 12,200. 28049 Madrid

*Después de dedicarse a distintos trabajos, **Consuelo Armijo** canalizó sus intereses e iniciativas hacia la profesión de escritora. Sus primeros cuentos infantiles aparecieron en las revistas* Bazar y La ballena alegre. *Además de cuentos también escribe, de vez en cuando, poesía y obras de teatro.*

Por los cuentos y por el teatro ha conseguido importantes premios: el Lazarillo, dos veces el C.C.E.I., un accésit de la A.E.T.I.J, entre otros. En esta misma colección ha publicado Sérase una vez *(EJ 25), que ha obtenido la mención especial del galardón Mirlos Blancos 1998 de la feria de Bolonia.*

creer (pensar)
crecer — numero) chispa
criar — criarse (granja) esta criada por
    — plantas

Índice

Introducción 11

PARTE I. DE MENTIRA Y DE VERDAD
La casa de enfrente 19
Fantasmas 23
En la «selva virgen» 27
Caminos 31
El precio de la libertad 35
Después de la tempestad, la calma 39
¿Adónde? 43
En el tejado 47
Una historia emocionantísima 55
Nada es siempre fácil 59
El lector 65
Cristales rotos 69
Aplazamientos 73
Intermedio 1.º 79

Parte II. Los animales, nuestros primos carnales
  Cenizas 83
  Instinto y razón o cuentos de ogros 87
  Pesadillas u hombres contra hombres 93
  Caminos sin trazar 97
  Burbujas 99
  Recibo un estímulo 103
  Lloviendo piedras 107
  El cascarón 109
  Los pollitos nacen sabiendo andar 111
  Vagabundo imaginario 115
  No me cortéis las alas 119
  Libre como un pájaro 123
  Marcos 125
  Elena 129
  Intermedio 2.º 133

Parte III. No pidas las estrellas
  Conflictos, incertidumbres y demás gaitas .. 137
  Y más gaitas todavía 141
  Lo inmediato y lo lejano 143
  Bajo las estrellas 147
  Intermedio 3.º 151
  Epílogo 153

Introducción

AQUELLA tarde visité mi antiguo barrio. Antes, cuando yo vivía en él, era un lugar tranquilo a las afueras de la ciudad, donde los niños podíamos, con toda tranquilidad, convertirnos en indios, o astronautas, y hasta presidentes de los Estados Unidos Mundiales. Pero ahora... ¡cómo había cambiado! Había coches, autobuses y gente por todas partes. ¡Si hasta llegaba el metro! La ciudad lo había absorbido.

¿Qué había sido de nuestro pequeño jardín donde yo solía cazar ballenas e hipopótamos? ¿Y la higuera donde nos escondíamos cada vez que los marcianos nos invadían? ¡Todo había desaparecido! Su lugar era ocupado por bloques de pisos, por tiendas sofisticadas, por cemento y asfalto.

Un grupo de gente esperaba a que el semáforo se pusiera verde para cruzar una calle. Errabundo como estaba, me uní a él.

Antes, en la calle, pintábamos grandes cuadrados que teníamos que saltar luego a la pata coja, y si pasaba un coche... ¡qué fastidio!

—¡Es tu hermana! —le decía yo a Paco cuando empezaba a sonar la bocina del coche—. ¡Siempre nos tiene que chafar el juego!

—Es que sale de la oficina a esta hora. No lo hace a propósito.

—Pues que se espere a que acabe la vuelta.

Y la hermana de Paco se esperaba. ¡Qué remedio! Unas veces con paciencia, otras se ponía a tocar la bocina y a meter el morro del coche entre los cuadrados, y era una lata.

—Siempre estáis en medio —decía—; a ver si dejáis pasar.

Alguien me empujó por detrás. El semáforo se había puesto verde, y yo estaba entorpeciendo el paso.

Crucé y seguí andando hacia donde mis pies me llevaran, sin sospechar la sorpresa que me aguardaba. Doblé la esquina y... ¡ahí estaba el árbol que yo veía todos los días camino del colegio! ¡Sí! No cabía la menor duda. ¡Era el mismo! Sus hojas rosadas eran inconfundibles.

Un amplio círculo de piedras lo rodeaba para proteger su terreno, y estaba en la mitad de una pequeña plazoleta. ¡Un sitio de honor! Me acerqué a él.

—¿Qué tal, viejo amigo? ¿Qué te parece todo esto?

El árbol estaba un poco más mustio, su color no era tan brillante. Claro, tanto coche, tanta contaminación y ¡tantos años! Yo también me había contaminado de... ¡la vida!

12

Alargué mi mano para tocar sus ramas. ¡Tenía polvo! ¡Como mi alma, como mi corazón!

A nuestro lado seguía el bullicio. Él y yo éramos los únicos representantes del pasado. Le miré con cariño. Él, en cambio, era poco probable que me hubiera reconocido. Los seres superiores somos capaces de dar más a los inferiores, y a lo mejor éstos ni se enteran, pero no importa. Además, yo no podía quejarme. Él también me había dado. Me había dado la alegría de verlo.

Bueno, pues si ahí estaba el árbol, unos metros más allá había estado mi casa, y en la de al lado había vivido Paloma, «la pirata patagorda». Ahora, en cambio, entre otra mucha gente, debía de vivir esa niña pequeña, morena, que estaba mirando a través de la ventana del tercer piso. Al ver que yo también la miraba, me sacó la lengua.

Sí, verdaderamente, todo había cambiado. El pasado se va como se van las hojas de los árboles que caen en otoño.

De repente, todo se emborronó. ¡Otra vez mis mareos! Nubes blancas, gaseosas, me envolvían, me llevaban, me traían, me mecían. Sonaba una música rara, extremadamente armoniosa. La atmósfera se hizo diferente. Luego las nubes empezaron a desgarrarse, dejando ver un mundo lleno de colores. Los pájaros trinaban; la amplia avenida principal, con sus verdes árboles en el centro, estaba iluminada por el sol, y yo... Yo era más pequeño, más ligero, más joven.

—¿Se encuentra usted mal, señor?

¡Me estaban empujando por todas partes! ¿Qué

era aquello? ¿Otra vez la muchedumbre, los comercios y...? ¡Otro empujón! Me apoyé contra la pared.

—¿Quiere que avise a un taxi?

Era una chica muy joven. Fue agradable oír su voz en medio de toda esa muchedumbre empujona.

—Sí, si me haces el favor. Creo que me he mareado un poco.

Pero ¿había sido un mareo? El caso es que por un momento yo había vuelto a ser un adolescente, por un momento había estado en un barrio ya desaparecido. Lo había vivido con toda claridad. ¿Sería eso posible? La chica apareció con el taxi. Le di las gracias y me fui.

—Al hotel Velázquez, por favor.

El taxi echó a andar. Mientras traqueteaba por las calles, días y días de mi infancia, de mi adolescencia, se agolparon en mi mente. ¡Sí, todos estaban ahí! ¡Los podía recordar con tal viveza! ¡Con tal nitidez, hasta en sus más mínimos detalles! Como si no hiciera ni un segundo que hubieran pasado y ¡todos a la vez! Era otra especie de alucinación.

«Se borrarán. Todo esto volverá a pasar al misterioso país del olvido. Sólo algunos trocitos se convertirán en nebulosos recuerdos, pequeños representantes de todo mi pasado», me dije, tratando de tranquilizarme ante lo insólito de la situación.

Pero este pensamiento, en vez de reconfortarme, me llenó de melancolía. ¿Por qué conforme avanzamos en la vida tenemos que renunciar a una parte de ella, a partes de nosotros mismos que van muriendo?

«Si lo pudiera escribir antes de que se me olvidara», pensé. El papel puede grabar nuestras vidas mejor que nuestro cerebro.

La tarea, sin embargo, no era fácil. Habría que ordenar y seleccionar todo ese montón de situaciones y de emociones. Eso llevaría tiempo. Quizá el olvido lo borraría antes de acabar, pero quería intentarlo.

El taxi paró en el hotel. Sin pérdida de tiempo, pagué, subí a mi habitación y... ¡tuve que volver a bajar! Tenía que comprar folios, muchos folios. Eran exactamente las seis de la tarde de un día de mayo cuando empecé mi tarea.

Parte I

De mentira y de verdad

La casa de enfrente

LA casa de enfrente llevaba ya varios meses deshabitada. A sus antiguos dueños se les había quedado pequeña y decidieron mudarse. Creo que todos lo sentimos, aunque antes...

—¡Con estos vecinos es imposible leer el periódico tranquilo! —decía papá cuando una pelota pasaba volando nuestra reja e iba a caer a su lado. Mamá también se quejaba.

—Esta mañana venía de la compra, cuando salieron los niños de enfrente con una pistola diciendo que «la bolsa o la vida».

—Bueno, ¿y qué?

—Pues que les di la bolsa.

—Pero mujer, ¿tú eres tonta?

—Si es que era una pistola grandísima, de esas que se llenan de agua. Y ya ves el frío que hace.

—Voy a recuperar la bolsa —decidió mi padre, levantándose.

—No, si ha venido Adela a devolverla —Adela era la madre de los niños—; pero ya se habían comido las naranjas.

Luego, para colmo, en casa de los vecinos nacieron gemelos, y al poco se mudaron. Les faltaban dormitorios.

Parecía que las ventanas se habían cerrado para siempre. Ya no se veía lucir ninguna luz detrás de ellas. El jardín se empezó a cubrir de maleza, y mi padre decía:

—¡Porras!, se me ha acabado el tabaco y hoy domingo no abren los estancos. Si estuviera Felipe se lo pediría prestado, pero ¡como no está! ¿A quién se le ocurre tener gemelos?

Yo no echaba de menos a mis vecinos. Sus niños eran más pequeños que yo y nunca había jugado con ellos, pero...

Aquel año salía del colegio una hora más tarde de lo normal. El anterior me habían suspendido y tenía que recuperar dos asignaturas. (Eso de los exámenes y los suspensos siempre ha sido un latazo de miedo.) Cuando me bajaba del autobús, de vuelta a casa, era ya de noche. Las calles a esas horas estaban desiertas y la luz amarillenta de los faroles las iluminaba dándoles un aspecto misterioso e irreal. Yo andaba deprisa, oyendo el resonar de mis propios zapatos contra el suelo.

De repente, al torcer la esquina, se obraba el milagro. Todo se volvía familiar, agradable, acogedor. Ahí estaba ese viejo matrimonio sentado el uno al lado del otro. Nunca echaban las cortinas y siempre se les podía ver. A veces leían, a veces charlaban; la mayoría simplemente estaban.

Por las rendijas de la persiana del cuarto de Paco se escapaba luz. Debía de estar haciendo los deberes... Y esa niña tan cursi, que nos había acusado de bebernos las fantas que los del supermercado dejaron en la puerta de su casa, debía de estar cenando en la cocina.

En toda la calle sólo había un parche negro. Era la casa deshabitada.

Fantasmas

SIEMPRE que ando por la calle es de noche —protesté un día—. Cuando voy al colegio es casi de noche y cuando salgo es de noche del todo.

—Pues haber estudiado más. Me he pasado el verano diciéndote: «Estudia, que te van a catear», así que si sales de noche del colegio la culpa es tuya —dijo mi madre.

¡Me dio una rabia! Se queja uno en busca de consuelo y sólo encuentra reproches. ¡También tuvo papá la culpa cuando nos dimos ese topetazo en el coche, pero a él le decían:

—No te atormentes, todos tenemos fallos. Déjalo, no ha sido nada grave.

A los menores de edad se nos trata mal por sistema, y encima:

—Si te lo digo es por tu bien, para que te corrijas.

¡Pues hay que ver la cara que puso mamá cuando

le dije que siempre que hacía tortilla de patatas sabía fatal, y que se lo decía por su bien, para que friera más las patatas.

—¡Figúrate si vienen invitados!

Por lo visto los únicos que nos pueden hacer esos favores son ellos a nosotros. Subí a mi cuarto de mal humor, y empecé a pensar lo bonito que sería vivir independiente, pero no en una casa a la que hay que quitar el polvo, no, sino en otra en la que se pudiera saltar encima de las butacas y poner los pies sobre las mesas sin que nadie le dijera nada a uno. Bien pensado, y aunque la idea no es muy original, lo de una choza en una isla desierta no estaba nada mal. Comprendí por qué tanta gente la elegía en sus sueños. Ahí ni siquiera existían las mesas ni las butacas. Los colegios, los profesores, los padres, las asignaturas pendientes, eran algo que no se conocía. La única obligación sería la de procurarse sustento cuando se tuviera hambre, y parecía no ser muy difícil la tarea. ¡Con la de frutos y animales que debe de haber por esos lugares! La isla desierta es una especie de estatua de la libertad, un símbolo, una quimera.

Y estaba pensando en todo esto, cuando la puerta se abrió y entró Berta, mi hermana.

—¿Es que no puedes llamar antes de entrar? —le dije, enfadado—. Puedo estar haciendo algo que a ti no te importe.

Sin decir nada, Berta se marchó, dando un portazo. Creí que se había enfadado, pero ¡qué va!

«Pom, pom», llamó.

—Adelante —dije.

Berta entró y dijo:

—Eres un chinche cascarrabias. No estabas haciendo nada que yo no pudiera ver —y se volvió a marchar, dando otro portazo. ¡Pues lo que me faltaba!

Pero a los pocos momentos de haber salido, la puerta se abrió y Berta volvió a entrar (sin llamar esta vez).

—Venía a decirte que se está llenando de fantasmas.

—¿El qué? —pregunté.

—La casa deshabitada.

—¿Y para esa tontería has entrado tres veces?

—¡Sí! —chilló.

Y se marchó definitivamente, dando un tercer portazo. ¡La paciencia que hay que tener con toda la familia!

Berta era muy miedosa, ¡cogía unas manías! Se había empeñado que en un armario de madera, oscuro y puntiagudo, que teníamos en el pasillo habitaba un espíritu, y procuraba no pasar nunca por ahí.

—¿Por qué va a haber ahí un espíritu? Vamos a ver —le pregunté un día.

—Porque le siento —contestó. Y empezó a husmear alrededor del armario haciendo que tocaba el aire con las manos—. Está aquí, seguro.

Me eché a reír.

—¡Qué falta de sensibilidad! —se lamentó mi hermana.

Yo entonces no la hice caso. Sin embargo, ¡qué de fantasmas hay en esta vida! (aunque no sean exactamente como en el que ella creía). ¡Qué de cosas hay que no se ven, ni se tocan, ni se oyen! Cosas que hay que notar, adivinar, captar. Por ejemplo: gestos llenos de mensajes ocultos, sentimientos ajenos flotando en el aire. Hay lugares bonitos que nos producen tristeza, ¿por qué?

Siguieron pasando los días. Todas las noches yo recorría el mismo camino. La casa deshabitada a esas horas se llenaba de ruidos raros, de movimientos ligeros que hacían temblar y crujir la maleza, de ratones y de gatos. Y yo, bueno, yo entraba cuanto antes en la mía. No me daban ningún miedo ni los ratones ni los gatos, ni creía en espíritus, pero hay cosas que no se comprenden, sólo se sienten, y son personales e intransferibles. Por ejemplo, yo no sentía absolutamente nada cuando pasaba por el armario del pasillo; en cambio, Berta... ¡vaya manía había cogido!

En la «selva virgen»

LOS sábados solíamos ir a jugar fuera de la urbanización, donde todavía no habían edificado y donde se podía correr a gusto.

Jugábamos a infinidad de juegos, y cuando estábamos en lo más emocionante, ¡cataclás!, era la hora de comer.

Muchos se marchaban, pero yo, que no sentía el menor apetito, seguía jugando. Siempre era el último en irme. Al llegar a casa me la solía ganar por impuntual; pero, bueno, ¡a todo se acostumbra uno!

La casa deshabitada a esas horas era una casa corriente, más bien fea y despintada. La hierba que la rodeaba, y que por la noche se extendía tan negra y llena de misterios, yacía pobre y desnuda bajo el sol.

—Pues por la noche, cuando vengo del colegio, está llena de ratones y de gatos —le dije a Paco.

Y Paco tuvo una idea.

—Oye, ¿por qué no saltamos la reja una noche y entramos? ¡A ver si somos capaces de cazar algún ratón!

Un remusguillo de emoción se empezó a apoderar de mí.

—¿Te atreverías?

—Pues claro. Avísame el lunes.

El lunes, al volver del colegio, me pareció que las calles estaban más desiertas que nunca. Se ve que, después de divertirse los domingos, la gente no salía los lunes. La casa deshabitada, ahí, al fondo de la calle, parecía la guarida de... ¿ladrones, piratas, verdugos, serpientes?

Dudé entre llamar a casa de Paco, como habíamos quedado, o hacerme el tonto e irme a la mía. Pero...

«¡Ánimo, Víctor! —me dije—. Hay que correr aventuras en la vida.» Y llamé.

Paco me estaba esperando. Se había puesto botas altas para que no le mordieran los ratones en las piernas, y había cogido un bastón.

—¿Dónde vais a estas horas? —chilló desde la ventana su hermana mayor, que nos vio salir y en todo se tiene que meter.

—A dar una vuelta —contestó Paco. Y echó a correr.

¡Eso de, por a, por be o por ce, tener siempre alguien encima es tremendo!

Yo le seguí, y en un pispás llegamos a la casa deshabitada.

Intentamos trepar la reja, pero ¡imposible! ¡Era altísima! ¡Y arriba del todo tenía pinchos!

28

—Parece que lo han hecho a mala idea —se quejó Paco.

—Seguro que sí —dije—; seguro que lo han hecho para que nadie entre.

Pero a la reja le faltaba un barrote. Yo había visto entrar y salir por ahí a los niños que antes vivían en la casa. Intentamos buscar el hueco. La noche estaba muy negra. Un filo de luna apenas lograba aclarar la oscuridad del lugar. Nosotros íbamos palpando la reja, mientras dentro los ratones se disponían a atacarnos y un par de ojos brillantes nos miraban desde un árbol. Debía de ser un gato, o ¿qué digo? Seguro que era un tigre.

—Debías haberte puesto sombrero también —le dije a Paco—, por si acaso se te cae algún gato en la cabeza.

Pero Paco no me hizo caso. Acababa de encontrar el hueco en la verja. Mi corazón hizo porrón, pom, pom, pero dije, aparentando mucha calma:

—Venga, pues; pasa —y es que no quería ser el primero.

Paco metió una pierna por el hueco, empujó y se quedó completamente atrapado entre los barrotes. No podía salir ni por un lado ni por el otro. Evidentemente, era más gordo que los niños de mis antiguos vecinos.

—¡Ayúdame! —chillaba Paco, que quería salir—. ¡Me están pasando los ratones por el pie! ¡Me van a subir por la pierna! ¡Tira de mí!

Pero yo, en vez de tirar, empujaba para que entrara en la casa y le decía que no chillara, que si pasaba un policía y nos veía así seguro que nos tomaba por ladrones, y yo aún me podía escapar, pero él...

—¡Tira de mí! ¡Para el otro lado! —seguía chillando Paco, que no me estaba haciendo ningún caso.

Y yo empujaba, contra la voluntad de Paco, que lo hacía para el lado contrario; pero como yo tenía más fuerza, gané, y, de repente, Paco cayó de narices en plena «selva virgen» mientras millares de ratones (o quizá fuesen zorros) salían corriendo, aterrados ante lo que se les venía encima, y el tigre lanzaba un ¡miau! fiero y empezaba a perseguirlos.

—Paco, Paco —llamé.

Pero Paco no chistó. Había desaparecido entre la exuberante vegetación de esas tierras.

—Paco —volví a llamar.

Y entonces, abajo, la maleza empezó a menearse, y poco a poco fue surgiendo ante mis ojos una negra figura cubierta de barro.

—¡Paco! —grité.

—¡Psssh!, silencio —dijo Paco.

Yo creí que iba a estar enfadado, pero no.

—Ahora pasa tú —dijo.

—Pues ábreme la puerta. Desde dentro, se puede.

A tientas, cada cual por un lado de la verja, nos dirigimos hacia la puerta. Paco la abrió, y la puerta gimió, chirrió y volvió a gemir. Debía de haberse oxidado.

—Venga, adelante —dijo Paco.

Y entré, entré en ese planeta desconocido, lejano del sol, habitado por Dios sabe qué clase de ratones. Un agudo chirrido metálico llegó a mis oídos. Paco estaba cerrando la puerta. ¡Habíamos quemado nuestra aeronave!

Caminos

LA señora López-Acebo berreaba delante de la pizarra, explicando no sé qué teorema matemático. Yo la miraba preguntándome qué sinuoso camino, qué fatal destino había hecho que me encontrara ahí. Un camino y un destino que yo no había elegido, alguien lo había hecho por mí. Lo eligen por todos nosotros y nadie duda que lo vamos a seguir. Que vamos a ir haciendo el primer curso, el segundo curso, etc. Luego el camino se bifurca. Hay que hacer tal o cual carrera, aprender este o el otro oficio. Se nos deja elegir entre un camino u otro, pero de todas maneras los caminos ya están hechos. Me pregunto si después de hacer una carrera o aprender un oficio continuaremos siguiendo caminos que otros nos han marcado, en una oficina, en un taller, o podremos entonces construirlo nosotros mismos. ¡Construir un camino! Encontrarte con la vida por delante sin senderos, sin manos que te guíen. ¡Construir un camino! Pero ¿hacia dónde?

—Y a ti, Víctor, ¿qué te parece? —dijo la señora López-Acebo.

—¿El qué? —pregunté.

La clase entera se echó a reír. Eran todos unos borregos que iban balando por el mismo sendero, y ellos ni lo sabían.

—Lo que ha dicho tu compañero —contestó la señora López-Acebo.

—Pues no tengo ni idea —aseguré yo.

Otra feliz y sonora carcajada resonó en la clase:

—Beee, beee.

¡Despreocupados borregos con su meta bien marcada: aprobar el curso! ¡Sin caminos os quisiera ver yo!

—Verdaderamente, Víctor, empiezo a pensar que no sirves para nada. No tienes voluntad, no eres capaz de seguir una lección.

Acabó poniéndome de mal humor. No es que la creyera ni una palabra. La idea que tenía de mí mismo difería mucho de la suya, pero me molestaba que me insultaran, que me menospreciaran, que pensaran eso de mí. ¡Todo el santo día oyendo lo mismo!: «Eres una calamidad», y todo porque en vez de pensar lo que ellos querrían que pensara, pensaba en cosas que a ellos ni se les habían ocurrido.

Llegué a mi casa enfadado con el mundo en general. En el cuarto de estar, Berta estaba jugando a las damas con su amiguita Teruca. Un plomo de niña que siempre estaba metida en casa. Papá leía el periódico; mamá, una novela. ¡Qué cuadro tan idílico formaban los cuatro! Yo tiré la cartera al suelo, procurando hacer el mayor ruido posible, y me despatarré en una butaca.

—Vaya, hoy llegas antes —dijo mamá, levantando los ojos de su libro.

Claro, como que ese día no había ido con Paco a cazar ratones.

—Lo que digo yo —exclamé, sin dirigirme a nadie en particular— es que si para vivir en este mundo hay que ir al colegio y hacer primer curso, segundo, tercero..., ¿no se podría, por ejemplo, empezar por el tercero y luego hacer primero, luego segundo y luego sexto?

Nadie me hizo caso.

—¡Eh, os he hecho una pregunta! —grité.

—Sabes muy bien que no. ¡Déjanos en paz! —dijo mi madre.

Pero yo no tenía ninguna gana de dejarles en paz, y continué.

—Y después, cuando uno se convierte en un señor, ¿tiene que trabajar en una oficina y pasarse la mayor parte de su tiempo libre sentado en una butaca leyendo el periódico como papá, por ejemplo?

Papá pasó la hoja del suyo tan tranquilo. Cuando leía el periódico no solía hacer caso a nadie. En cambio, Berta se enfadó.

—¿Y qué es lo que esperas que haga? —preguntó, indignada—, ¿ponerse a dar saltos por la habitación?

¡Vaya! Ya salió la niña mimada, el ojito derecho de papá y mamá.

—No, no lo espero —dije con amargura—. No le creo capaz. No entra dentro de los moldes.

Y entonces, inesperadamente, se oyó la voz de mi padre.

—Lo haré si eso te ayuda a resolver tus problemas, Víctor.

—¡A que no! —le reté.

Papá dobló el periódico parsimoniosamente. Apagó su pipa, se levantó y... Creo que fue uno de los ratos más felices de mi vida. Todavía, después del tiempo que ha pasado, no puedo acordarme de ello sin partirme de risa. Papá empezó a saltar. Saltaba con todas sus fuerzas por la habitación; parecía una cabra en un salón. Berta y yo soltamos la carcajada. Se nos saltaban las lágrimas de tanta risa que teníamos, mientras el pasmo y la estupefacción se apoderaban de mi madre y de Teruca. Sobre todo la cara de esta última era todo un poema.

—¡Enrique, por Dios! Pero ¿qué haces? —chilló mi madre—. ¡Que lo vas a romper todo!

Por fin, mi padre dejó de saltar.

—¿Satisfecho? —me dijo, jadeando.

No pude contestar. La risa me ahogaba. Papá cogió el periódico y volvió a ponerse a leer como si nada hubiera pasado.

—¿Y hace eso muchas tardes? —preguntó la tonta de Teruca cuando, por fin, hubo recobrado el habla.

Creo que hasta mi madre sonrió.

—Nos vas a volver locos a todos —me dijo.

El precio de la libertad

HACÍA ya varios días que Paco se rajaba a la hora de irnos a dar un paseo por el jardín de la casa deshabitada. Uno porque hacía demasiado frío, otro porque no tenía más remedio que estudiar. ¡Era una lata! ¡Con lo divertido que era andar por la oscuridad buscando ratones! Aunque en realidad lo de menos eran los ratones, que nunca se encontraban. Lo importante era el misterio, la sensación que a veces sentíamos de que alguien nos seguía, y otras que éramos nosotros los que seguíamos a alguien.

Luego llegar tarde a casa, la curiosidad pintada en la cara de mi madre.

—¿De dónde vienes? —me preguntaba.

—De por ahí —contestaba yo, dándomelas de interesante y gozando con su perplejidad. ¡Que me dejara en paz! Estaba harto de estar siempre controlado.

Pero todo eso se terminó ante la desgana de

Paco. No me apetecía nada ir solo. Me daba pereza. Además, seguro que no me divertiría.

Para colmo, como los males nunca vienen solos, resultó que en el colegio me eligieron para formar parte del equipo de fútbol que debía jugar luego contra otros colegios.

—¡Tenemos que ganar! ¡Hay que venir todos los sábados y domingos a entrenar! —decían.

A mí el asunto no me hizo ninguna gracia. ¡Para dos días a la semana que puede uno pasarse sin ir al colegio!

—Pues conmigo no contéis —les dije—. Elegid a otro.

La cosa sentó fatal.

—Eres un muermo.

—Es que no te importa que el colegio gane o no —decían.

—Pero ¿es que os soy necesario? —pregunté.

—¿Tú necesario? ¡Este chico es tonto! ¿Qué se habrá creído?

—Lo que nos molesta es tu falta de entusiasmo.

Bueno, puede que tuvieran un poco de razón pero cada cual «se entusiasma» por lo que «le entusiasma». ¿Qué derecho tenían ellos a pedir que me sacrificara? ¡Con lo que me gustaba ir a jugar los fines de semana fuera de la urbanización!

Ahí surgían los juegos de una manera espontánea, como nace la hierba en el campo. Eso me atraía, aunque, a lo mejor, acabáramos jugando al fútbol.

Pero nadie comprendió mi actitud. Hasta Carmencita, que siempre había sido mi amiga, me dijo a la salida:

—Chico, la verdad es que me has desilusionado con tu manera de ser.

Y desde entonces pareció perder todo interés por mí. ¡Pues lo que me faltaba! ¿Por qué para que la gente te acepte tienes que sentir lo que ellos sienten? ¡Anda y que se marcharan todos a paseo! Eran unos corderos que hasta les tenían que marcar un camino para los sábados y domingos. ¡Y pensar que me estaban haciendo feos a mí, que era un genio!

Desde luego sabía que no había demostrado serlo, pero ¡que esperaran y ya lo verían! Lo que pasaba..., lo que pasaba, ¡ay!, lo que pasaba era que todavía no sabía qué camino seguir para lograrlo.

Después de la tempestad, la calma

DESDE el jaleo del fútbol había dejado de insistir a Paco para que me acompañara a la «selva virgen». Todos los días, después del colegio, volvía a casa y me ponía a estudiar como un niño bueno. ¡Para que veáis lo que son las cosas!

Y ¿qué creéis que había sido la causa de mi transformación? ¿Mi sentido del deber, que por fin se había despertado? ¿Había decidido llegar a ser un hombre de carrera brillante? Pues no. No era eso, ¿para qué engañarnos? La causa era mi rencor. Quería ganar a mis compañeros, demostrarles que era más inteligente, que se chincharan, y de momento no encontré otro camino que ponerme a estudiar para sacar mejores notas que ellos. Lo malo fue que no se chincharon, porque... bueno, ya veréis por qué.

Claro que, antes de decidirme por ese vulgar sendero del estudio, imaginé otras muchas cosas: como que venía un ser de otro planeta con un sexto sentido que detectaba en seguida la gente que valía y la que no, y de todos mis compañeros me elegía a mí como el mejor para una misión importantísima, y ellos se quedaban pasmados y humillados. Pero luego, como no tenía demasiadas esperanzas de que eso pasara, pensé que tampoco estaría mal quitarle al creído de Jesús el primer puesto en matemáticas. ¡La cara que pondría el tonto de él! Luego el profesor diría a toda la clase:

—No tenéis nada que hacer, hijos: Víctor es el primero en todo.

El caso es que tampoco era tan aburrido eso de ponerse delante de un libro e intentar comprenderlo, asimilarlo, hacerlo tuyo. Bien pensado, hasta era bonito. El libro, sin duda, tenía un autor que había intentado explicar algo, y yo lo comprendía, y lo recibía. Lo que ya no tenía sentido es que se lo tuviera que explicar luego al profesor, que seguro que ya lo sabía.

Lo malo de estudiar era empezar. ¡Qué pereza daba! Nunca me había entretenido tanto colgando mi abrigo, ni ordenando los libros, para retrasar ese momento. Por fin me ponía a leer la lección y... ¡si hasta me entretenía!

El otoño estaba ya muy avanzado. A través de mi ventana veía los tonos dorados de los árboles. El chopo donde se había sentado el gato (o sea, el tigre) tenía el color del cobre. ¡Qué bonito!

Un día, el atardecer se llenó de niebla y las casas con sus luces parecían flotar en el aire. Semejaban castillos encantados, o barcos navegando sobre un mar blanco.

En total, que un día, casi sin darme cuenta, sin mala idea, cuando ya empezaba a ponerme al día en mis estudios, a encajar en las clases, dejé de estudiar y empecé a pintar.

Necesitaba transmitir todo aquello que estaba entrando en mí: la melancolía del otoño, el misterio de la niebla, el aspecto cambiante de las calles, los árboles, las casas, conforme los días iban pasando. Me sentía repleto de imágenes que salían de mí como sale el agua de un vaso al que rebosa.

Y mientras yo me convertía en un «artista», a mi alrededor seguía la cotidianidad de la vida: mi madre haciendo la tortilla con las patatas crudas, papá leyendo el periódico, y Berta con sus fantasías.

—Ayer vi un señor rarísimo —dijo una vez—. Iba vestido de negro y con sombrero. No sé quién será. Yo nunca le había visto por este barrio. A lo mejor es un brujo.

Lo que pasaba es que era una cotilla.

Pero las fantasías de Berta me inspiraron y un día pinté un brujo, montado en una aspiradora, viajando a grandes velocidades, levantando remolinos de hojas doradas con el tubo de aspirar, que se había convertido en el de escape.

Aunque mi mejor pintura la hice un día que llovió. En ella, borrosamente, tras un cristal encharcado de lluvia, se veía vibrar los cabellos rojizos de una niña, que andaba por la solitaria calle cubierta de hojas.

Fue aquel un transcurrir del tiempo tranquilo, una monotonía agradable que nada parecía romper.

Por aquel entonces solía echar un vistazo a las lecciones, en el autobús, entre clase y clase, un ratito antes de acostarme. Eso me sacaba del paso. Me estaba amoldando a una mediocridad que llevándome un mínimo de tiempo me ahorraba problemas gordos.

La sorpresa llegó en invierno, con los árboles pelados, el frío, el cielo cuajado de estrellas, mis pasos resonando en las calles vacías al volver del colegio.

¿Adónde?

UN día, estaba ya llegando a mi casa de vuelta del colegio, cuando el aire se llenó de sollozos. Miré alrededor, y ahí, apoyado en una verja, había un pequeño bulto. ¡Era Paloma! La niña que vivía en la casa de al lado, vulgarmente conocida como «la pirata pata gorda» porque tenía las piernas bastante macizas, y, una vez, un balón que se desvió, le puso un ojo morado.

—¿Qué te pasa? —le pregunté, acercándome.

—Nada —me dijo bruscamente, escondiendo la cara entre los brazos.

Ya me iba discretamente cuando me llamó.

—Oye —dijo, limpiándose las lágrimas—. Me voy a dar una vuelta, ¿te vienes?

La miré algo extrañado.

—¿A estas horas?

—Sí.

—Bueno —dije, encogiéndome de hombros.

Paloma echó a andar muy deprisa. Parecía que tenía miedo de que la persiguieran. Yo me puse a su lado.

—¿Adónde vamos?

—No sé. Por ahí.

La niña resultó ser bastante atrevida. Nos aventuramos por las calles más desconocidas y lejanas del barrio.

—¡A que nos perdemos! —decía yo.

Ella reía, entusiasmada ante la aventura.

Pero cuando menos nos lo esperábamos salimos a la plaza principal, donde se tomaban los autobuses.

—Bueno —dijo—. No nos hemos perdido, después de todo —y parecía algo desilusionada.

Un grupo de chicos y chicas mayores estaban en la parada del autobús haciendo el gamberro. Se empujaban unos a otros, intentando echarse de la acera. Se reían y chillaban.

Nosotros nos quedamos un rato jugando al fútbol con una lata de coca-cola vacía y armando también bastante ruido. Luego nos fuimos.

—¿Sabes? —me dijo Paloma—, cuando me encontraste estaba dispuesta a irme de casa para siempre. Lo malo es que no sabía dónde.

En mi mente se encendió una luz. ¡Claro! Se había encontrado en la calle sin ninguna meta donde dirigirse, sin ningún camino trazado que seguir, y había llorado.

—¿Por qué querías irte? —pregunté.

—¡Se pasan el día regañándome! Estoy harta de que siempre me estén diciendo que soy una calamidad.

Vaya, esa historia me la sabía.

—¡Sí! —dije—. Hay veces que dan ganas de largarse.

—Oye, ¿por qué no nos escapamos juntos?

—Pero ¿adónde? —pregunté.

Y yo también sentí un peso en el estómago. ¡¿Adónde?! ¡Qué pregunta tan grande! ¡Tan inmensa! ¡Como el universo!

Paloma se debió de dar cuenta.

—Bah, déjalo —dijo, encogiéndose de hombros—. Ya no me importa volver. Con lo que hemos tardado seguro que mis padres se han llevado un buen susto. Seguro que están arrepentidos de haberme regañado.

¡Vaya!, me lo debí suponer. Paloma no tenía ni pizca de vocación de vagabunda. Lo único que quería era vengarse de su familia. Bueno, algo parecido me pasó a mí cuando me puse a estudiar, así que también lo entendí esta vez.

Volvimos despacio a nuestras casas, nos despedimos y... ¡lo que tiene uno que oír!

En el tejado

CUANDO empujé la puerta de casa mi madre estaba diciendo:
—¿Te has fijado? Otra vez se retrasa el niño.
No cabía duda. El niño era yo.
Como era de esperar, mi padre no contestó. Seguro que estaba leyendo el periódico.
—¿Te das cuenta? —continuó mi madre—. Puede estar con alguna de esas mujeres.
No cabía duda. Mi madre se refería a alguna puta.
—¡Pero si es un crío! —se oyó por fin la voz de mi padre—. Y, además, no tiene un céntimo.
—¿Sí? Pues puede pasar algo peor. Dicen que hay homosexuales que esperan a los chicos a la salida de los colegios y les engatusan.
«Rrrr», hizo la hoja del periódico al pasar.
Yo estaba de una pieza. ¿Con que eso era lo que

pensaban? ¡Jolines con ellos! ¡Y yo que les creía unos inocentes «carrozas»!

Volví a salir sin hacer ruido y entré dando un portazo. En el fondo me habían halagado sus sospechas. Eso de que me creyeran capaz de irme de putas, o... bueno, igual daba. Yo no tenía prejuicios.

—¡Hola! —dije, dándomelas de muy hombre (o de marica, que no estaba nada claro cuál era mi papel).

—¿De dónde vienes? —preguntó mi madre.

—De dar una vuelta —contesté.

Y subí a mi habitación dispuesto a no decir nada más.

Me creí que el asunto habría acabado ahí, pero ¡qué va!

A la mañana siguiente, estaba bebiéndome el café, cuando me dijo mi padre con aire muy jovial y campechano.

—¡Eh, Víctor! ¿A qué hora sales del colegio? He visto que dan una buena película aquí cerca. ¿Qué tal si voy a recogerte y vamos a verla juntos?

Me dio la sensación de estar soñando. ¿Qué era eso? ¡Lo nunca visto! Mi padre queriendo ir al cine conmigo en vez de leer el periódico. Pero en esto me acordé de lo que había oído la noche anterior, y comprendí. ¡Pobre papá! ¡La lata que le debía de haber dado mi madre! En el fondo me conmovió su buena voluntad, que estuviera dispuesto a sacrificar el periódico para librarme de putas y maricas. Pero las ganas de darme importancia pudieron conmigo, y dije de la manera más natural posible:

—Lo siento, viejo, tengo otros planes —y me fui a toda prisa.

En la calle pensé que tendría que hacer algo esa noche para llegar tarde a casa. Corrí hacia la esquina donde sabía que Paco esperaba el autobús de su colegio. ¡Gracias a Dios, todavía estaba ahí!

—Paco, tenemos que hacer algo esta noche. No quiero volver a casa después del colegio. Podíamos ir otra vez al jardín abandonado.

—No seas despistado. La casa ya está habitada. Ayer llevaron los muebles. Pero oye, ¿sabes lo que me apetece? —dijo Paco—. Podíamos subir al tejado por la ventana de mi cuarto. Ya sabes que duermo en la buhardilla. Dicen que en los tejados hay gatos, y si hay gatos, seguro que también hay ratones. Nos podíamos dar una vuelta a ver qué pasa.

—De acuerdo —dije, contentísimo.

—Pues ven esta noche y entra por la cocina. Así nadie se enterará. Te estaré esperando.

¡El problema estaba solucionado! Además, hacía mucho que no corríamos aventuras, y el asunto me hizo ilusión.

El día pasó lento, pesado. En clase me aburrí como de costumbre. Si hubieran hablado de lo que pasa en los tejados por la noche, o la manera de combinar los colores para pintar los árboles en otoño, hubiera sido otra cosa. Claro que también hubiera sido otra cosa si yo llego a hacer algo por interesarme en la física o la historia, que a lo mejor eran interesantes, o simplemente en ganar al tonto de Jesús en matemáticas, que se lo hubiera tenido muy bien merecido.

Por fin, las clases se acabaron y corrí a casa de Paco. Seguro que lo del tejado resultaba emocionante, pensaba yo, pero en realidad lo que resultó emocionante fue la salida, y luego la entrada, ¡sobre todo esa!

Paco se las había agenciado para llevar una escalera a su cuarto; subió por ella, intentó salir, pero ¡no cabía por la ventana!

—Paco, hijo, si quieres dedicarte a esta clase de excursiones, creo que será mejor que adelgaces —le dije.

Paco se enfadó.

—Pues sal tú, bobo —exclamó, bajándose de la escalera—. No sé por qué voy a ser yo siempre el que abra el paso. ¡Anda, a ver si cabes!

Yo subí, y en un «pispas» me planté en el tejado.

—Lo ves. Estás demasiado gordo.

Paco se moría de envidia ahí abajo.

—Espera, que voy yo también.

Subió por la escalera y empezó a hacer esfuerzos para salir. Yo le agarré del pantalón y tiré de él hacia arriba; y en esto, ¡plaf!, la escalera se vino abajo y Paco se quedó pataleando en el aire.

—¡No me sueltes, no me sueltes! —chillaba.

—No te apures, Paco —le decía yo ante el final que me parecía inevitable—, no estás muy alto. No creo que te mates.

Pero Paco hizo fuerza con los brazos, contuvo la respiración, se puso más colorado que un tomate, se ladeó y, al fin, no sé cómo, logró pasar al tejado.

—Enhorabuena —le dije, admirado.

—Ahora lo malo va a ser bajar. Pero bueno, ya veremos —dijo.

Andar por los tejados es diferente a andar por un jardín deshabitado. Íbamos tan ocupados en no escurrirnos por su pendiente, que no pensábamos en otra cosa. Me acuerdo que la luna había crecido mucho, y una luz blanca, limpia, lo invadía todo.

Pasamos al tejado de la casa de al lado, que estaba pegado al de la de Paco. Ahí nos sentamos un rato a descansar. Las calles, los árboles, las ventanas, todo lo que se veía me era conocido; sin embargo, mirarlos desde arriba, desde esa nueva perspectiva, me producía una sensación nueva, difícil de explicar. Me regocijaba pensar que ni mi madre, ni mi hermana, ni nadie se imaginaba dónde estaba yo. Seguro que ninguno de mis amigos del colegio habían visto la calle desde un tejado y... ¡de noche!

—No hay ratones —comentó Paco.

No, no había ratones; pero ¿qué importaba? Estábamos en un tejado y había luna.

De repente se oyó una descarga de maderas. Alguien estaba cerrando una persiana en el piso de abajo. Los dos nos sobresaltamos.

—¡Ni que hubiera estallado una bomba! —rió mi amigo.

Nos estábamos quedando helados. No en vano era diciembre y de noche.

—Vamos ya a bajar —dijo Paco.

—¿Por dónde? Si has tirado la escalera...

—Por aquí. Ven.

Nos dirigimos al borde del tejado, pero imposible descolgarse por ahí. ¡Estaba altísimo!

—Lo mejor será que volvamos a la ventana. Está bastante cerca del suelo, y mucho daño no nos podemos hacer. En cambio, si bajamos por la pared nos podemos matar.

—Pero es que yo por la ventana no quepo —decía Paco.

—No digas tonterías. Igual que has pasado antes puedes hacerlo ahora.

Mas esa teoría resultó ser falsa. O Paco había engordado o la ventana había encogido. El caso es que no pasaba. Las piernas, sí; las piernas se le colaban habia abajo con toda facilidad, pero luego se quedaba atascado en la parte de más arriba, ya me entendéis, y no había medio de que bajara.

—Pero colócate como antes. Haz lo que hiciste antes.

—No puedo. Me estoy haciendo daño —chillaba Paco.

Bueno, para qué contaros detalles de las posiciones y equilibrios que hizo Paco. Yo no me atrevía a empujarle hacia abajo, no fuera a ser que se atascara de verdad y no pudiera salir ni por un lado ni por otro. Si no fuera por lo apurado de la situación y porque el frío nos empezaba a calar hasta los huesos, hubiera sido divertido.

Por fin decidimos que la única solución era que bajara yo a pedir ayuda. Apoyé mis manos en los bordes de la ventana para sostenerme y aminorar el golpe, calculé el sitio para no caer encima de la escalera y entonces, ¡plaf!, un salto y abajo. Paco me miraba desde arriba. ¡Pobre Paco!

Aparecí de repente en el cuarto de estar, donde se hallaban su madre y su hermana.

—Paco está en el tejado y no puede bajar —les dije.

Las dos se me quedaron mirando como el que ve visiones y no se enteraban de lo que les decía.

—¿Dónde está Paco? Y... ¿tú de dónde sales? —me preguntaban.

—En el tejado. Paco está en el tejado. Yo vengo de ahí.

Las tuve que llevar al dormitorio para que lo vieran con sus propios ojos. Bueno, después de mucho jaleo y mucho grito, «Paco, hijo mío», acabamos llamando a los bomberos, y la hermana de Paco, que era una arpía, nada más hacía que decir:

—Sois idiotas. ¿Pero qué hacíais en el tejado? ¿Por qué habéis subido?

—Por nada. No hacíamos nada —decía yo.

—Siempre lo he dicho: sois unos anormales.

¡Qué simpática la hermanita! ¿Verdad?

En cambio, la madre, de pasmada que estaba, no decía nada.

Los bomberos llegaron armando mucho ruido, ¡como siempre! La gente del barrio se asomó para verles pasar.

Durante los días que siguieron el suceso se fue corriendo de boca en boca.

—¿Qué hacíais en el tejado? —me preguntó un día la señora que vendía pipas y caramelos en la esquina.

—Cazar ratones —dije yo.

—¡Estos chicos!

Mis padres, no sé cómo, se debieron de enterar los primeros, esa misma noche, porque cuando llegué a casa, en vez de hacerme preguntas, me recibieron con una sonrisita que, para mí, era que ya sabían dónde había estado.

Una historia emocionantísima

ESTÁBAMOS en pleno invierno. ¡Qué estación tan misteriosa el invierno! El viejo matrimonio, ese que vivía al principio de la calle, seguramente para preservarse del frío, había puesto sobre los cristales de la ventana unos visillos gordos que le favorecía mucho. Vistos de noche entre esos visillos, los dos podían ser enormes sombras chinescas, o figuras de papel movidas por hilos invisibles.

Como después de lo de los bomberos y las sonrisitas de mis padres las aventuras nocturnas habían perdido parte de su sentido, tanto Paco como yo las abandonamos por completo.

Los árboles pelados en el centro de la calle adquirían, especialmente a la hora en que yo volvía del colegio, aspectos fantasmales. Los charcos brillantes de hielo, los viejecitos entre visillos, todo invitaba a imaginarse historias, y, claro, yo, siempre obediente a los estímulos

los exteriores, me olvidé de la pintura y me puse a escribir. Sentía dentro de mí historias sin nacer, algo que bullía dentro de mi cabeza, historias que todavía no tenían ni principio ni fin. ¿Cómo nacen las historias? ¡Imposible de explicar!

El que se sienta delante de una hoja en blanco, dispuesto a llenarla con su imaginación, con su voluntad, se convierte en un dios de mentirijillas en un mundo de mentirijillas.

Es dueño absoluto no sólo del protagonista y su manera de ser, cosa que no logramos nunca serlo de nosotros mismos, sino también de las personas que le rodean y, ¡qué importante!, de esas circunstancias que, a veces, en la realidad, tanto nos empujan hacia una vida vulgar.

¡Una hoja en blanco! ¡Ir llenándola sin que nadie te dicte! ¡Una hoja sin caminos trazados! Una hoja en blanco es la libertad más absoluta.

Pero entonces yo no pensaba en nada de eso... Sólo pensaba en el protagonista y en la aventura emocionantísima que estaba corriendo.

Y, poco a poco, el protagonista se fue convirtiendo en mí mismo. Tenía mi misma cara, mi mismo cuerpo, mi mismo cerebro. ¡Era yo! y ¡era de noche!

«Estaba hablando con Paco. Los dos estábamos preocupados. Sabíamos que alguien estaba en peligro. No cabía duda, puesto que el malvado y pérfido *Caratuerto* hacía poco que había llegado a la ciudad con su puñal y le acabábamos de ver salir sin él. ¿Quién habría sido la víctima? ¿A quién se lo habría clavado?

»Nos subimos a un tejado altísimo, donde jamás

nadie había subido. Desde ahí se veían perfectamente todas las calles, ventanas y balcones de la ciudad. Naturalmente, nosotros llevábamos prismáticos para poder mirar lo que pasaba al otro lado de las ventanas y balcones. Pero por más que escudriñamos no vimos nada extraño. Ya nos íbamos cuando entonces...

»Entonces estalló: estalló la noche, estalló la luna, estalló un grito en el aire que nos heló la sangre.

»Volvimos a mirar. El grito parecía que había venido de la parte norte de la ciudad, pero todas las calles estaban desiertas por esa zona y sólo había una ventana con luz. En el resto de las casas la gente dormía. Enfocamos los prismáticos hacia esa ventana. A través de los visillos vimos bailar a una chica. Bailaba sola. Sus cabellos rojizos brillaban bajo las luces de las lámparas y giraban sin cesar. Seguramente el grito habría venido de otra parte. Ella parecía feliz.

»Me disponía a mirar hacia el lado sur cuando...

»—Fíjate en eso que brilla en su pecho. No es ninguna joya. Parece el puñal de *Caratuerto* y debe de llevar un buen rato con él clavado. Si no conseguimos sacárselo pronto, morirá —dijo Paco.

»Y en ese mismo momento el blanco visillo comenzó a cubrirse de gotas, gotas brillantes, gotas rojas, gotas de sangre. ¿Cómo es posible que alguien pueda morir bailando? ¿Qué clase de maléfico embrujo tenía ese puñal?

»La ventana estaba lejos. Corrimos a través de la peligrosa y resbaladiza superficie del tejado, saltamos de uno a otro con peligro de nuestras vidas. Pero no llegaríamos a tiempo. El baile de la muchacha era ahora convulsivo, su fin estaba próximo.

»Eché un rápido vistazo alrededor para darme cuenta de la situación. La ventana estaba a una gran distancia de nosotros. Entonces, ¿qué es lo que pasó? Me sentí lleno de fuerza y tomé una decisión: salté con toda mi alma y ¡nunca lo hubiera creído! Pasé volando el espacio que me separaba de la muchacha y entré en su cuarto, rompiendo el cristal de la ventana. Ella yacía ya en el suelo y apenas respiraba. Sin dudarlo, le arranqué el puñal. Como por arte de magia, la sangre dejó de manar de su pecho. La respiración se hizo más profunda. La vida volvía a ella. ¡La había salvado! ¡Como a muchos otros!»

Ahí puse punto final a la historia y chupé la punta del lápiz de puro gusto que me daba haberla escrito. ¡Eso sí que era hacer una cosa seria! Mucho más que cazar ratones, digo tigres. Aunque bien pensado las dos cosas se parecían en algo. En las dos dejaba yo a un lado las vulgares circunstancias que rodeaban mi vida y me convertía en un héroe. Claro que en las dos de mentirijillas. ¿Sería alguna vez capaz de convertirme en un héroe de verdad? Es que ¡mientras esté en esta casa, en este colegio! ¡Qué difícil! Pero… ¿por qué no me escapé con Paloma?

Nada es siempre fácil

(«Si alguna vez me viene la inspiración, me encontrará escribiendo.» Dicho por alguien muy importante, de cuyo nombre no puedo acordarme.)

PASÓ el tiempo. Diciembre ya avanzaba, más frío que nunca, y... lo que tenía que pasar, pasó. Resultó que me enamoré.

La cosa sucedió casi sin darme cuenta: en la clase justo un grado inferior a la mía había un chica preciosa. Me di cuenta en el jardín del colegio, un día de esos en que el cielo está azul. Tenía el pelo largo, castaño claro, con muchas tonalidades, entre doradas y rojizas, que aparecían cuando le daba el sol. Ella y yo empezamos a mirarnos de reojo siempre que teníamos ocasión: cuando nos cruzábamos en los pasillos, en el comedor, cuando coincidíamos en el jardín o íbamos todos los alumnos al salón de actos a oír algún discurso de esos que suelen soltar los directores de los colegios.

Poco a poco la chica se convirtió en mi amor platónico. Mi corazón empezó a arder por dentro, pero por fuera conservé la calma. Nadie notó nada.

Ya había abandonado la escritura, pues, después de algunas novelas tan «exitosas» y bastante parecidas a esa primera del bandido *Caratuerto* y su puñal, mi creatividad empezó a secarse ante tantísima producción, la cosa empezó a aburrirme, y lo dejé.

Sin embargo, el amor echó gotas de agua fresca sobre mi imaginación, gotas en las que se reflejaban los rayos de sol y las tonalidades doradas y rojizas del pelo de mi amada. ¡Otra vez algo bullía dentro de mi cabeza! De nuevo me puse a escribir. Pero esta vez quería hacer algo diferente, más serio, más largo. ¡Sí, yo ya no era un crío, caramba! ¡Sí, estaba enamorado!

Una hoja en blanco se hallaba de nuevo delante de mí. Y después de esa hoja podía llenar otra y otra con lo que me diera la gana. La más pura libertad se extendía ante mí como una vasta pradera, una pradera sin límites. Infinita hacia el norte, infinita hacia el sur, infinita hacia el este, infinita hacia el oeste, y en medio de esa inmensidad, yo, granito de polvo, centésima parte de la mitad de un tercio de la pata de una hormiga, me perdí.

¿Qué ponía? Chupaba y mordisqueaba el lápiz en busca de inspiración. El visillo blanco de mi habitación, y a través de él los árboles de la calle, me producían una sensación acogedora, hogareña, de paz. Pero bueno, ¿de qué iba a tratar ese mi primer gran libro? Lo mejor sería decidir dónde deseaba llegar, qué final iba a tener la novela, y encaminarlo todo hacia allí. O quizá lo mejor sería empezar y luego ya veríamos, ya iría saliendo. ¡Empezar! Desde luego, había que empezar; pero ¿cómo?

¡Qué difícil resulta a veces dirigirse a alguna parte cuando no existe esa parte y la tenemos nosotros que crear! ¡Qué fácil divagar, extraviarse sin caminos!

La luz de una farola se descomponía en rayos brillantes al chocar contra el cristal de mi ventana. Eso me trajo a la memoria un jersey a rayas rojas y azules que mi madre había hecho para Berta y que a ésta no le gustaba.

—Se lo voy a regalar a Pilarín, que es mi ahijada, so boba —decía mi madre, enfadada.

A mí también me había hecho un jersey, pero el mío era gris, sin complicaciones, y yo sí me lo ponía.

Aterricé en la hoja que seguía en blanco y volví a mordisquear el lápiz.

«Si es que no me sale nada», me dije.

El caso es que otras veces sí me había salido.

«Es que entonces sólo jugaba, y jugar es fácil», me dije, aunque sin demasiada convicción.

Paco, en cambio, seguía siendo un crío. Recordé que un día que, yo creo que al verme entrar en el comedor, mi amada echó hacia un lado su melena, haciéndola caer en olas llenas de colores. Su belleza me llenó el corazón. ¿Sería eso poesía? Todavía pensaba en ello, ya camino de mi casa, cuando Paco salió a mi encuentro.

—Víctor, Víctor —me dijo—. Tengo una noticia bomba: he robado la llave del sótano de mi casa. Es grandísimo, lleno de trastos viejos, y no tiene bombilla en el techo ni ninguna clase de luz.

—Bueno, ¿y qué?

—Que podemos entrar y encerrarnos allí cualquier noche a cazar ratones. Siempre que se oye algún ruido raro, en casa dicen: «Alguna rata del sótano.» Además —añadió, sonriendo—, por esa puerta sí quepo.

Le miré asombrado. Pero ¿todavía seguía pensando en esas cosas?

La hoja seguía en blanco. Pensé que había que ir llenándola, y di tal mordisco al lápiz que lo partí por la mitad. Por fin escribí: «Esa tarde, a la salida del trabajo, la chica agitó su abundante y preciosa cabellera.» Ahí me paré.

¡Era muy bonito lo que pasó ese día en el comedor del colegio, pero, si sólo iba a contar eso, la novela iba a ser cortísima. Así que después de partir otro lápiz añadí: «Mientras sonreía ampliamente a su amigo.»

¡Ya estaba! ¡Ya me había metido en el argumento! ¡Sólo tenía que imaginar lo que me hubiera podido pasar!: si la chica me hubiera sonreído ampliamente, seguro que hubiéramos hablado y... Pero, ¡canastos!, si es que me lo tenía que inventar todo, porque, en realidad, no había pasado nada. ¿Cómo sería mi amada?, ¿qué cosas diría?

Los seres humanos tienen infinidad de maneras de ser. Ante mí se extendía la posibilidad de describir miles de caracteres, miles de circunstancias. El caso era saberlas imaginar, saberlas combinar.

«Pues es que de ese estilo no me sale nada», decidí categóricamente, y rompí otro lápiz. Tendría que tener más cuidado. Ya sólo me quedaba uno.

Pero el caso es que también había infinidad de estilos. Nadie me obligaba a uno determinado. ¿Por qué no elegir otro? ¿Por qué no escribir lo que me diera la gana, lo que me saliera?

El único lápiz superviviente se astilló de tanto chuparlo, y yo me encontré, sin saber cómo, en las musarañas. Luego me fui a pasar una temporadita en las Batuecas, y luego de veraneo en las nubes.

Cuando me fui a acostar, después de una velada tan agitada, lo único que había escrito era: «Esa tarde, a la salida del trabajo, la chica agitó su abundante y preciosa cabellera mientras sonreía ampliamente a su amigo.» ¡Un éxito!

El lector

CON la amplia sonrisa de la chica que movía su bonita melena murió mi vocación de escritor. Pero no me traumatizó en absoluto. En seguida la sustituí por la de lector. ¡Era mucho más cómoda!

Empecé por casualidad, cogiendo los libros de Berta; luego, como lo pasé fenomenal leyéndolos, compré otros yo mismo, Paco me prestó alguno y de la biblioteca del barrio saqué bastantes.

Los que me aburrían al principio, los dejaba; pero otros los devoraba.

Las Navidades se acercaban. Las calles se habían llenado de bombillas de colores y yo ya sentía el sabor del turrón en mi boca.

Oscurecía tan pronto que, sobre las cinco y media o las seis, teníamos que encender la luz eléctrica. A esas horas en verano salíamos de excursión con un sol espléndido. ¡Qué diferencia! Me pregunto qué harán los pájaros en invierno, ahí arriba, en sus nidos sin electricidad. Se aburrirán muchísimo.

Yo, en cambio, lo estaba pasando fenomenal. Leía hasta en clase. Forraba el libro para que no se viera que era una novela, y ¡hala!, a leer mientras el profesor explicaba cosas raras y los demás chicos y chicas se aburrían. Pero una vez me pescaron. Se dieron cuenta de que lo que estaba leyendo era *Oliver Twist* y me quitaron el libro como castigo. ¡Vaya fastidio! ¡Si iba por la mitad! Para colmo, el libro era de Berta, que puso el grito en el cielo. Tuve que comprar otro, que me desequilibró el presupuesto semanal. Lo único que digo yo es que eso de quedarse con lo ajeno contra la voluntad de su dueño tiene un nombre, por muy profesor que sea el que lo haga. ¿O no?

¡Ay! ¿Por qué no me pasaría a mí, alguna vez por lo menos, las mismas cosas que a los protagonistas de los libros?

—La vida no es una novela —decía el director del colegio cuando estaba en plan trágico (había veces que hasta ponía los ojos en blanco), pero lo que no hacía nunca era explicar por qué.

Me imaginé lo que se podría decir de mí en un libro: «Día tras día, Víctor se levantaba a las ocho para ir al colegio, al que detestaba, y no volvía hasta ya anochecido. Entonces se metía en su cuarto y se ponía a leer.» Y resultó que me gustó. ¡Si hasta sonaba bien, así escrito! Pero ¡qué lento y pesado resultaba hacerlo «día tras día»!

—¿Has leído este libro, Víctor? —me dijo la encargada de la biblioteca una tarde—. ¡Ya verás cómo te gusta! ¡Llévatelo! ¡Se lee de un tirón! En este fin de semana lo acabas.

—¿De qué se trata? —pregunté.

—Es la vida de una mujer.

—¿Y me voy a leer toda la vida de una mujer en un fin de semana?

La encargada se echó a reír.

—Ya sabes que en los libros sólo se ponen las cosas emocionantes.

¿Todas las cosas emocionantes de la vida de una mujer se pueden leer en un fin de semana? ¡Pues mira que se debió de aburrir la pobre señora durante el resto del tiempo! No, si lo de llevar una vida de novela sólo pasa en las novelas. Que lo aburrido se lo saltan, o lo dicen en dos palabras, como eso de: «Día tras día, Víctor se levantaba a las ocho...» Si hasta lo emocionante resulta más emocionante, porque como las cosas tardan menos en contarse que en pasar, todo sucede más rápido y... ¡qué de aventuras en media hora! ¡Eso es vivir!

Cristales rotos

HABÍA descubierto una colección de libros de aventuras que me gustó muchísimo. Se trataba de *Ivanhoe, Robin Hood,* etc., y cuando, por ejemplo, leía *Ivanhoe,* resultaba que yo era Ivanhoe y la chica del pelo multicolor su dama, me parece que se llamaba lady Rabena, y si leía *Robin Hood,* yo era Robin Hood y ella el gran amor de este señor. Pero, ¡ay!, esta vez mis fantasías duraron poquísimo, porque veréis:

Iba yo tan contento uno de esos días camino de la parada del autobús, cuando me di materialmente de narices con... ¿con quién diréis? ¡Con lady Rabena! (¿será ese su nombre?).

—¡Hola! —me dijo, sonriendo, a la vez que echaba hacia atrás su largo cabello.

Sentí que el corazón se me encogía. Me hubiera gustado que me tragara la tierra. Pero ¿qué me pasaba ba? Bueno, el caso es que la tierra no me tragó, y contesté:

—Hola.

—¿Hacia dónde vas?

—A la parada del autobús.

—¿Vamos primero a esa cafetería a tomar algo?

«Toc, toc, toc», hizo mi corazón. ¡Qué barbaridad! Pero ¿cómo iba a ir a la cafetería con lady ¿Rabena? ¿Y si descubría que yo no era Ivanhoe?

—No tengo hambre —le dije, sin saber casi lo que hacía.

—Entonces, adiós.

La vi cómo entraba ella sola en la cafetería. Yo no me sentía a gusto. Me fui a casa carcomido de rabia. ¡Qué tontería había hecho!

Desde aquel día la chica del pelo multicolor dejó de mirarme. Yo, sí. Yo la seguía mirando, pero ella se hacía la tonta, parecía que no lo notaba. ¡Se había enfadado! Caramba, pero ¡es que su pregunta me cogió tan desprevenido! ¡Si me la volviera a hacer otra vez! Pero no, seguro que ya no me dirigía la palabra. ¿Qué hacía yo ahora? ¿Ser el que le pidiera a ella que viniera conmigo a la cafetería cualquier día? La esperaría a la salida de clase, y ya estaba. Se lo propondría, pero ¿y si se vengaba y decía que no? ¡Qué complicada estaba la cosa! ¡En mi caso quisiera ver a los héroes de los libros!

Intentaba consolarme pensando que podía seguir imaginando que yo era Ivanhoe y ella lady ¿Rabena? toda la vida. Pero no me consolaba. ¡Estaba harto de imaginar! ¡Quería algo de verdad!

Un día, mientras yo merendaba en la cocina,

mamá se puso a lavar unas copas muy bonitas, que sólo usábamos en Navidad y, claro, cogían polvo durante el resto del año. ¡Cómo relucía el cristal ya limpio! En esto, ¡plaf!, una de ellas se escurrió al suelo y se rompió.

—¡Válgame Dios! ¡De qué manera tan tonta! —dijo mamá.

—Nunca usamos todas —la consolé yo.

Mamá cogió los cristales del suelo y, con un suspiro, los tiró a la basura. No habían sido aclarados y todavía había en ellos pequeñas pompas de lavavajillas que al caer al cubo lanzaron preciosos destellos multicolores. ¡Rojizos y dorados! Al poco rato llegó Berta y tiró sobre ellos el papel de su bocadillo y las cáscaras de una naranja. Los cristales desaparecieron. Se habían hundido en las profundidades del cubo.

dejavsede ver-sker

Aplazamientos

INVENTÉ un gran discurso para soltárselo a mi «amada». Le pensaba decir que el día que me propuso ir a la cafetería iba muy deprisa, porque tenía que despedirme de mi padre que se marchaba a América, y que por eso no fui, pero que con muchísimo gusto iría otro día, y que también podíamos ir al cine, si le parecía bien.

Pero pasaban los días y no le decía nada. Bueno, es que como las Navidades estaban tan cerca, e íbamos a dejar de vernos, ya no valía la pena. Se lo diría a la vuelta. Me acercaría a ella y le pediría: «¿Puedo hablar contigo un momento?» Sonaba muy bien. ¿A que sí?

¡Y por fin llegaron las Navidades! ¡Qué relajo no tener que ir al colegio! Levantarse sin horarios, sin reglamentos. Paco se marchó a esquiar. Muchos chicos y chicas del barrio también se habían ido. Ya no se formaban grupos para jugar. Hasta eso parecía soltar ligaduras. Nosotros también nos iríamos para fin de año, a pasarlo con mi abuela que vivía en el sur. Pero de momento nos quedábamos en casa.

Me solía levantar tarde, desayunaba y me ponía a leer. Luego, cuando me daba la gana, salía a pasear, compraba pipas, me las comía, escupía las cáscaras por la calle sin que nadie me dijera nada: todo parecía maravilloso.

Una tarde empezó a nevar. Y siguió nevando intensamente toda la noche. ¡Qué alegría verlo todo blanco a la mañana siguiente! Para colmo, las nubes huyeron y el cielo apareció azul, limpio y con sol.

Pero como no hay nada perfecto, mis padres anunciaron que vendrían unos amigos suyos a comer. ¡Vaya lata! ¡Una comida de cumplido!

Los invitados eran bastante más mayores que mis padres. Cuando llegaron me parecieron tontos de remate, sobre todo ella, muy pintada, con muchos collares y pulseras, que tintineaban constantemente, porque no paraba de mover las manos al hablar.

Luego, según iba diciendo cosas, resultó menos tonta de lo que parecía (o a lo mejor es que nunca lo había parecido. Bien pensado, el que fuera muy pintada y que sus pulseras tintinearan no quería decir nada. A lo mejor el tonto había sido yo por hacer juicios preconcebidos y machistas).

La señora, que se llamaba Concha, se quejó de lo que se suelen quejar muchas señoras de su edad: de que a ella no le habían dado una carrera. ¡Con la vocación de arquitecto que tenía y las casas tan preciosas que hubiera hecho!

—¡Pero como entonces no se llevaba eso!, ¡como te orientaban de otra manera!

¡Vaya por Dios! Había dejado su vocación por seguir un camino trazado.

—Pues cuando yo sea mayor —salió la repipi de Berta— seré médico. Quiero salvar vidas y evitar dolores. ¡Y sería maravilloso descubrir algo nuevo!

—Una soñando con lo que hubiera podido ser, otra con lo que va a ser. ¿Pero quién no sueña, quién está satisfecho con lo que es? —dijo mi padre.

Se hizo el silencio. Verdaderamente, cuando no leía el periódico decía unas cosas terribles.

Pero a Berta no pareció afectarle demasiado el fantasma del fracaso, al que veladamente había aludido mi padre. Así, sonriendo angelicalmente, con su cinta en el pelo, semejaba un barquito de papel dispuesto a lanzarse a alta mar para hacer la travesía Lisboa-Nueva York, a través de los océanos, desafiando esas olas cargadas de envidias, malas suertes, injusticias y, ¿por qué no mencionarlo?, las limitaciones, tanto propias como ajenas, que se opondrían constantemente a su triunfo.

Acabamos de comer. Todos pasaron a tomar café. Como a mí no me gustaba esa cosa tan negra y amarga, me marché a mi cuarto y miré a través de la ventana. Los árboles cargados de copos era para mí una vista bella e insólita. No solía nevar muy frecuentemente en esa ciudad. Me entretuve un buen rato mirándolos y pensando. Si Berta quería ser médico, ¿yo qué quería? Quería llegar...

¡Llegar! Pero, ¿adónde?, ¿cómo? Sentía algo grande dentro de mí, algo lleno de fuerza, capaz de... ¿de qué?

El viento agitó las ramas de los árboles, que dejaron caer una lluvia de nieve. Su belleza avivó el sentimiento de grandeza, de fuerza, dentro de mí.

El oscurecer, cuando el sol poniente parece adquirir una tonalidad más dorada, más luminosa, me pilló leyendo poesías de Bécquer. ¡Había aplazado mi problema!

Llegó la Nochebuena y fuimos a cenar a casa de mi abuela, la madre de mi padre, que vivía en la misma ciudad que nosotros. Ahí vi a mi primo Ramón y a mis primas Pilarín y Loli. Todos iban muy bien vestidos. Nosotros también nos habíamos puesto lo mejor (por ser Nochebuena).

La fiesta pasó llena de pavos y formulismos (por ser Navidad).

—¡Qué alegría haber visto a todos! —dijo mi padre, ya de vuelta a casa.

—¿Y por qué no nos vemos algún año en agosto? —sugerí yo—. ¿Es que en agosto dejamos de querernos, de ser familia?

Y mi padre respondió:

—Es que en agosto no es Navidad. ¡Menos mal que existen las Navidades! Si no, estoy seguro que no vería nunca a mi familia. ¡Con lo complicada que está la vida!, no encontraríamos el momento.

Y la graciosa de mi madre añadió:

—Se me está ocurriendo una idea, Víctor. ¿Por qué ahora que es Navidad y todo el mundo está de vacaciones no te pones a estudiar? ¡Más vale ahora que nunca!

¡Estudiar! ¡Qué idea! Si lo que se decía en los libros de texto empezaba a ser chino para mí. ¡Había perdido el camino del estudio! El caso es que no me gustaría suspender, pero los exámenes finales estaban todavía muy lejos. Me daría una encerrona y no dejaría de estudiar cuando estuvieran más cerca. ¡Pero ahora! ¡Qué tontería preocuparse ahora!

También vamos a morir y nadie piensa en ello. Claro que ¿para qué si la cosa no tiene solución?

¿Y los exámenes? ¿La tenían? Si no entendía los libros de texto, si me sentía perdido entre ellos, ¿cómo me iba a defender?

Bueno, ¡ni lo pensé!

Intermedio 1.º

ME picaban los ojos. ¿Cuánto tiempo llevaba escribiendo? ¡No lo podía creer! ¡Solamente una hora! ¿Estaría soñando?

Moví la cabeza de arriba abajo. Sacudí las hojas de papel. Todo tenía aspecto de ser real. Sin embargo, el paso del tiempo parecía ficticio. Transcurría como aquella vez que me dormí en la estación:

Viajaba de noche; a eso de las tres de la madrugada tuve que transbordar de tren. El que tenía que llevarme a mi destino sólo tardaría diez minutos en llegar. Me senté en un banco a esperar, pero el sueño me pudo y me dormí. Y así, dormido, estuve viendo cómo, sobre una hora o más, los trenes pasaban por la vía. Unos eran rojos, otros iban cargados de carbón, en otro toda una familia de indios se asomaba a una ventanilla. Vagones y más vagones, trenes y más trenes. No cesaban de pasar y pasar. En esto:

—¡Despierta, Víctor, por Dios! ¡Date prisa, que ya ha llegado nuestro tren!

—¿El tren?, ¿qué tren? ¡Pero si seguro que ya lo hemos perdido!

—¡No, corre! Ha llegado muy puntual.

¿No había dormido ni diez minutos? ¡Parecía imposible! Eché a correr. ¡Casi se nos escapa!

Pero ahora, delante de estas hojas escritas, no estaba dormido. ¿O sí? Me daba igual. Mi pasado seguía vivo dentro de mí, y despierto o no iba a seguir escribiendo. Meneé los dedos de la mano. ¡No estaba cansado! Sonreí. ¡Ay, tanto aplazar las cosas!

A la chica del pelo multicolor nunca le dije nada. Como me daba vergüenza, lo fui dejando para otro día, hasta que apareció Laura, con el pelo rubio como una cascada de rayos de sol, que me gusto más, y el discurso quedó olvidado.

Por supuesto, me catearon en los exámenes y tuve que repetir curso. En cuanto a llegar a algo en la vida. Bueno...

Me acuerdo de un fin de año en casa de mi abuela, en el soleado Sur. Pero ¡si no era fin de año, eran Navidades! Debía de ser otro año. ¡Seguro! Era otro año. Yo era mayor entonces. ¡Sí, ya me había convertido en un buen estudiante!

¡Qué bien lo recordaba! ¿Pero qué digo? No era recordar lo que estaba haciendo. Cuando recordamos no sentimos la sed que pasamos, ni el dolor de esa quemadura. Nuestra vida se nos aparece como un cuento lejano. Pero yo ¡lo estaba viviendo otra vez!, debía de estar soñando. De todas maneras me puse a escribir.

Parte II

Los animales, nuestros primos carnales

Cenizas

QUÉ pesado se hacía el viaje en coche hasta la casa de mi abuela.

—Con tanta autopista, uno se aburre —dijo mi madre—. Cuando yo era pequeña se tardaba más, pero las carreteras eran más pintorescas. Se pasaba por pueblos, era más entretenido. Claro que acababas molido de los botes del coche. Ahora, en cambio, las carreteras son mejores, y parece que no se mueve.

Por fin, al atardecer, llegamos a nuestro destino. El pueblo parecía dormido; sólo algunos perros vagaban por las calles. La abuela salió a la puerta al oír el coche, y nos recibió sonriendo. Todos entramos en la casa.

—¿Quién es ésta, abuela? —preguntó Berta, señalando a una jovencita llena de tirabuzones que sonreía desde un marco.

—Soy yo, de joven. Encontré la foto hace poco

en un cajón y la puse en ese marco —dijo la abuela, y suspiró.

—¿Por qué suspiras? —le pregunté.

—Porque llega una a vieja sin darse cuenta.

—¿Cuántos años tienes? —siguió Berta, tan discreta ella.

—Setenta y cinco.

—¿Y has vivido setenta y cinco años y no te has dado cuenta?

—Ya lo comprenderás cuando tú llegues a vieja. El tiempo pasa sin sentir.

—Vamos —dije yo—, no me digas que cuando de pequeña te llevaban en coche a la capital también pasaba sin sentir. ¡Con lo pesado que se me ha hecho a mí!

Todos sonrieron.

—Yo no iba en coche. Iba en un tren de carbón que tardaba doce horas. ¡Sí, una pesadez! Pero una vez pasado eso, ya no cuenta.

—¡Ah, sí! —dijo Berta—. Fue asomada a la ventanilla de uno de esos trenes cuando te entró carbonilla en un ojo y tuviste que ir a una fiesta con el ojo rojo y lagrimeando todo el rato.

—Sí; qué rabia me dio. Yo que me había gastado todos mis ahorros en hacerme un vestido nuevo para esa fiesta. Viajaba únicamente para ir a ella. Además, el ojo no sólo estaba rojo y lagrimeando, sino que se achicó: parecía una lenteja al lado del otro. Fui feísima.

Todos sonreímos y la abuela también. Por lo visto, una vez pasado, eso tampoco contaba.

Mi abuela volvió a mirar su retrato. Esa sonrisa

suya, mitad triste, mitad risueña; esos ojos que semejaban mirar hacia atrás, parecían estar recorriendo setenta y cinco años de cenizas.

¡Qué noches tan bonitas, tan estrelladas, las de invierno! Después de cenar, aunque había refrescado mucho, me abrigué bien y fui a dar una vuelta.

Salí del pueblo, llegué al campo. Y ahí, mirando el cielo cuajado de estrellas, me rebelé contra no sabía qué.

Bueno, sí: me rebelé contra ese vivir que va muriendo a cada instante. Yo quería hacer ALGO. Ser ALGO. Sentía que ALGO vibraba dentro de mí; pero ¿qué era ese ALGO?

Detestaba la rutina de la vida, sus caminos trazados; pero ¿cómo salir de ellos?

Por eso me gustaba mirar las estrellas. Pensar en su enorme distancia me emocionaba. ¿Hay algo más misterioso que las estrellas? ¿Algo más diferente a la mediocridad cotidiana?

El cielo estaba liso, limpio, alto. Pero en mi alma había estallado una tormenta. La tormenta de la adolescencia.

Instinto y razón o cuentos de ogros

UNAS vacaciones en el campo siempre son agradables. ¡Qué descanso oír los pájaros de madrugada en vez del chirrido del despertador y pensar que todavía se puede seguir durmiendo! ¡Verse liberado del esfuerzo de abrir los ojos en ese momento en que parece que los párpados están hechos de plomo, y quedarse protegido del mundo frío e inhóspito por sábanas, mantas y almohadas! ¿Cabe mayor felicidad?

El trino de los pájaros sonaba esa mañana más adormecedor que nunca, tanto que no me acababa de enterar si los estaba oyendo dormido o despierto. Hasta que a los trinos se agregaron voces, ruidos de pasos y portazos. Me desperté con cierto dolor de riñones y vacío en el estómago. Señal infalible de que había estado demasiado tiempo en la cama.

Bajé a la cocina. Por la ventana vi un coche aparcado. Eran unos amigos que habían venido a cazar.

—¡Todos se han marchado ya! —dijo la abuela—. ¡Vaya horas de levantarte!

—¿Y qué más da? ¡Si yo no cazo!

Conforme iba desayunando se me despertaban las ganas de vivir. El té caliente sentaba bien en el estómago. La abuela y mamá andaban la mar de atareadas preparando la comida.

—Y él ni siquiera se ha hecho la cama —dijo mamá.

—Sí me la he hecho —mentí, pues estaba seguro que mi madre no la había visto, que lo que la molestaba era que ella estuviera trabajando y yo no.

«Estoy de vacaciones», pensé, justificándome a mí mismo. «Además, no son míos los invitados.»

¡Ah, si se pudieran tomar también unas vacaciones de tener siempre a alguien encima, preocupándose de lo que no le importa: lo que nosotros hacemos!

Acabé de desayunar, subí a hacerme la cama, para no armar jaleo, y me marché lejos de allí con un libro en la mano. Si me quedaba cerca, seguro que mamá me la armaba, y los trabajos domésticos no eran mi fuerte.

Era ya mediodía, y el sol daba de pleno. Justo en la parte de atrás del patio, olvidada desde Dios sabe cuándo, había una tumbona. Me senté a leer.

El libro trataba de unos seres con una civilización adelantadísima, pertenecientes a un lejano planeta, de una lejana galaxia, que querían usar la Tierra para unos experimentos rarísimos, pero para eso había que aniquilar toda la vida en nuestro planeta. Ya lo tenían todo preparado, cuando Sancho Sánchez empezó a notar cosas extrañas. Notaba...

El sol calentaba cada vez más fuerte y el pelo de la chica que estaba trabajando en el huerto de al lado brillaba bajo sus rayos. Apenas se veía más de ella, pero me la imaginé muy guapa. Por lo menos, seguro que en aquel momento lo estaba. ¡Todo luce tanto bajo el sol! Y ese pensamiento, junto con el calorcillo del mediodía, me hicieron sentirme tan bien que mis ojos se entornaron y mis labios sonrieron. Una gran indolencia me invadió. Sólo de vez en cuando, y para romper un poco la monotonía, volvía a leer. Cuando me levanté para comer, Sancho Sánchez estaba nerviosísimo explicando a la policía que todas las lechugas de su huerto estaban secas y no sabía por qué.

La casa se había llenado de gente.

—Las liebres de ahora son todavía pequeñas. Hay que esperar a que crezcan. Dentro de un mes será cuando verdaderamente estén buenas.

—Ay, pero estas pequeñitas, como las guisa mi madre, están deliciosas. Las pone con...

A mí esa conversación me recordaba los cuentos de ogros que me leían de pequeño. Esos ogros que engordaban a los niños y se los comían con patatas. ¿Se inspirarían los que los escribieron en conversaciones como esa? o ¿sería lo de los ogros un antiguo recuerdo heredado, un recuerdo grabado en la mente humana de cuando había otros animales más fuertes que nosotros, ¡pobres mamíferos!, y nos comían?

Cuando se terminó la comida, todos se dispusieron a partir de nuevo.

—¿Por qué no vienes con nosotros? —me preguntaron.

—¡Si no cazo, si ni siquiera tengo escopeta!

—No importa; nos acompañas. Así tienes una experiencia más.

—Bueno —accedí.

La tierra donde cazaban está sembrada y costaba trabajo andar. Nos dispusimos en fila horizontal, dejando un espacio determinado entre cada cazador. A mí me colocaron en medio, como si también llevara escopeta.

—Tú procura andar un poco más atrás que nosotros —me dijeron—. Así no te daremos.

Empezó la marcha. Todos iban con la escopeta preparada y los sentidos agudizados. De repente, de dentro del sembrado, algo salió volando, y ¡pum! El disparo fue certero y el animal cayó muerto. No tardaron mucho en encontrarlo.

La caza continuó. Fuimos a más tierras, todas sembradas, y de vez en cuando salía algo corriendo con toda la velocidad del pánico. Un remusguillo de emoción empezó a apoderarse de mí. Comencé a imaginar que era un pobre león en busca de comida, o... no sabía muy bien en qué me había convertido, pero desde luego estaba pasando algo emocionante. Dormidos instintos se despertaban en mí.

—Es como jugar al escondite, o algo así, sólo que de verdad.

En cuanto el sol se escondió, la caza se terminó.

—¿Qué? ¿Qué te ha parecido? —me preguntaron.

—¡Bah! —contesté, recuperando mi yo racional—. Pues que el juego no está equilibrado. Vosotros vais armados, no arriesgáis nada; en cambio, los conejos y las perdices están indefensos.

Se echaron a reír.

—¿Y qué solución das? ¿Que armemos a los conejos o que los cacemos a mano?

Me encogí de hombros.

—Lo mejor sería que los dejarais vivir en paz —contesté.

Y es que yo había dejado de ser un pobre león en busca de comida. Volvía a ser Víctor, un ser perteneciente a una especie de animales llamados racionales.

El coche rodaba de vuelta hacia casa de la abuela. En la tibia luz del atardecer las vacas pacían tranquilamente. Una gallina se cruzó en el camino. El coche tuvo que frenar para no atropellarla. Emiliano estaba dando de comer a sus conejos.

Las vacas, las gallinas, los conejos. A todos los estaban engordando para comérselos. Emiliano, con su cara de bonachón, estaba haciendo el papel de ogro. Y el cazador, ahí al volante, con su flamante cazadora de ante, que mataba con sólo apretar un hierrecito, podía ser, podía ser... ¡un ser perteneciente a una civilización adelantadísima, de un lejano planeta, de una lejana galaxia! El ogro moderno creado por el miedo y la fantasía humanos, para el cual nosotros seríamos una especie de conejillos de Indias.

*Pesadillas
u hombres contra hombres*

LOS invitados se habían ido ya. Todo era calma. Desde la televisión, un locutor anunció que iban a dar una película basada en el diario de Ana Frank, la niña judía que durante la guerra tuvo que estar junto con otras personas escondida en la buhardilla de una oficina, sin poder hacer ruido, para que los empleados, que trabajaban debajo, no notaran su existencia.

—No quiero verla —dijo la abuela—. Me voy a la cama.

No añadió más, pero yo sabía por qué no quería quedarse. Nunca veía películas de guerra. Le recordaban que...

—Había estallado nuestra guerra civil. Yo todavía era una niña. Una mañana oí tiros y miré por la ventana. Un chico joven corría como un desesperado. Nunca se me olvidará su cara de espanto. Le mataron a pocos metros de esta casa.

Los demás, no sé por qué, también se fueron a la cama. Debían de estar cansados con tanta caza o tanto preparar comidas.

Me quedé solo contemplando la vida que se vieron obligados a llevar los pobres judíos. En esto, a pesar del mucho cuidado que tenían, alguien tropieza y se cae, armando gran escándalo. El pánico se apodera de los habitantes de la buhardilla. Su inmovilidad es aterradora. El caído se queda en su incómoda postura. Diríase que ni siquiera respira.

Un poco más tarde yo soñaba en mi alcoba. Había dejado de ser Víctor; era un ser débil, indefenso. ¿Pero por qué ese hombre me agarraba tan fuerte del brazo? ¿Por qué me obligaba a subir esas escaleras? ¡Sí! Eran las escaleras que conducían a la buhardilla donde vivían Ana Frank y los suyos. Yo no quería ir. Las botas del hombre resonaban en cada escalón como cañonazos lanzados hacia arriba. Por fin abrió la puerta de la buhardilla y... ¡horror! Las cucarachas quedaron inmóviles, o corrieron hacia las paredes para confundirse entre ellas y buscar protección; diríase que ni respiraban. La bota del hombre se levantó y...

—¡No! —grité, despertándome.

Encendí la luz. La vista de cosas conocidas, la seguridad de estar en mi alcoba, me tranquilizó.

—¡Uf! ¡Menudo rato!

Volví a apagar la luz y otra vez me dormí.

¿Qué ruido era ese? Me asomé a la ventana. Un chico joven corría hacia mí como un desesperado. Las balas pasaban rozándole, y el chico volaba más que corría, con sus cuatro patas, sus sedosas orejas hacia atrás, el morro hacia delante. En esto cayó a tierra: una bala le había alcanzado.

De repente me di cuenta:

—¡Pero si soy yo! Y no estoy muerto, no me han matado. ¡Dios mío, que no me encuentren!

Unas botas se acercaban resonando. Eran las botas de los cazadores. Venían hablando y riéndose con sus escopetas humeantes todavía. Me desperté cuando se estaban agachando para cogerme. Volví a encender la luz. ¡Menuda noche!

tio me | hermanos |
| sobrino primos |
| sobrino

Caminos sin trazar

ESTABA ya amaneciendo cuando conseguí volverme a dormir. Rayos de sol se colaban por las grietas de la persiana, iluminando muchos caminos, millones de caminos todavía sin trazar. ¿Adónde llevarían?

De repente me encontré en ALGO. Pasaba ALGO que cuando desperté no supe traducir del lenguaje de los sueños. Bueno, lo voy a intentar, aunque seguro que bien no me sale, ¡es imposible!

Ahí estaba la abuela, con su melancólica sonrisa, apoyándose en mí. No, no era la abuela: era una señora desconocida; parecía extranjera, pero mi brazo la rodeaba. Estaba también mi otra abuela y mis padres, mis tíos y primos paternos y mi hermana Berta. ¡Nos habíamos reunido en agosto! Todos estábamos ahí. El chico que corría y el señor que le disparaba. Ambos se sonreían complacidos y se palmoteaban en la espalda. Cientos de conejos correteaban a su alrededor, mientras una señora hablaba con Berta. ¿Quién sería? ¡Pero si no era señora! Nunca había visto a un ser así. Debía de pertenecer a otro planeta. Se notaba, no sé en qué, que su grado de civilización era mayor que el nuestro.

Mi familia se diseminó entre esa muchedumbre de ciervos, de conejos, de leones, de hombres de otras civilizaciones y razas, de rocas, de hierba, de montañas y de mares. Pero no me importó. Me sentía a gusto entre tanto ente ajeno. Entre esos seres que ni eran yo, ni se parecían a mí.

Y todos éramos estrellas, todos éramos soles, todos éramos planetas y flotábamos en el espacio.

Un bienestar me envolvió. Mi cerebro, mi cuerpo entero se esponjó; me diluí entre todo aquello y... ¡otra vez dormí hasta entrada la mañana!

Burbujas

SIEMPRE que pasaba una temporada en el campo me daba la impresión de que el tiempo se detenía. Debía de ser la tranquilidad, la calma, la aparente falta de movimiento lo que me producía esa sensación.

Era verdad que todas las noches el sol se ponía, pero a la noche siguiente pasaría lo mismo. También los pájaros cantarían al alba, y la luz imperaría al mediodía.

Me daba la impresión de estar dando vueltas a un círculo de tiempo que se repetía sin cesar hasta el infinito.

Lo único que rompía ese círculo era que cada día que pasaba faltaba un día menos para que nos marcháramos. Si se miraba de ese modo, el tiempo dejaba de ser círculo, se convertía en línea recta, en una especie de carretera de una sola dirección.

Y yo pensaba lo bonito que sería quedarse allí para siempre, ver amarillear el campo y florecer los árboles, añadir al círculo de los días el círculo de los años.

—Te aburrirías —me dijo la abuela—. Si estuvieras aquí todo el año, te aburrirías.

A lo mejor tenía razón. A lo mejor entonces empezaba a echar de menos otros caminos.

A veces, al atardecer, cuando todo era calma, cuando los pájaros, poco a poco, dejaban de piar, me sentía hermanado con los árboles, con los inmensos campos, con los pájaros. Todos corríamos la misma suerte, todos nos quedábamos en la penumbra, todos amaneceríamos al día siguiente, todos éramos universo. Entonces me sentía más fuerte, más seguro.

Y llegó el día de la marcha. Las cuentas de un rosario de amaneceres y atardeceres tranquilos, sin ruido, llegaba a su fin.

La vuelta a la ciudad la hice en tren. Papá no tenía tantas vacaciones y se había marchado antes, con mamá y Berta, en el coche. Sólo yo había apurado hasta el final.

El tren era cómodo, rápido, sonaba una música agradable y el paisaje era bonito. ¡Nada que ver con esos anticuados trenes de carbón de los que había hablado la abuela!

Mucha gente leía el periódico. Yo me entretuve un rato en leer los titulares en letra grande de los periódicos de los demás.

—Leyendo eso se entera uno de todo —decía mi madre cuando se hartaba del tiempo que dedicaba mi padre al periódico.

«Dos niños mueren al incendiarse su vivienda». «Ayer, huelga de hostelería en Las Palmas». «Liberados cincuenta presos políticos».

Noticias, noticias. El vagón estaba lleno de noticias, la mayoría acaecidas el día anterior. Burbujas fantasmas que aparecían ese día en letras de imprenta, en instantes de lectura, para deshacerse luego en el tiempo.

Ya anochecía cuando el tren paró. Era fin de trayecto. Una chica se agachó para recoger el maletín que había metido debajo del asiento. Durante unos segundos todos sus músculos, toda su mente, estuvieron pendientes de esa ocupación. Una señora se peinaba mirándose en un espejo de mano. Un muchacho se ataba el cordón de un zapato.

El tren se llenó de actos pequeños, de insignificantes burbujas, destinadas a ser olvidadas a los pocos momentos por sus propios autores. Burbujas sin importancia. Sin embargo, burbujas como esas ocupan gran parte de nuestras vidas.

Y ahí, por un instante, metido en una gran pompa de jabón, lo volví a ver. Era el mismo sitio que vi en el sueño dorado de aquella noche en el campo. Todavía no había camino para llegar a él, pero ¡era facilísimo trazarlo! Sólo tenía que...

—Despierte usted. ¡Ya hemos llegado! —me decía el revisor.

—Perdone —contesté, sin entender bien lo que había pasado—. Me he debido de dormir un segundo —miré alrededor.

El vagón estaba vacío.

101

Recibo un estímulo

OS voy a contar por qué cambié y me convertí en un buen estudiante:

Estaba yo un día vagueando tan campante por la cocina de mi casa. Mi madre preparaba una ensalada, y yo, ante su gran desesperación, picaba un poco de esto, un poco de lo otro. La radio estaba puesta y, de repente, oí al locutor que decía:

Y las hay que están tan lejos de la Tierra que la luz que sale de ellas tarda muchos, muchísimos siglos en llegar a nosotros. A veces, cuando nosotros por fin la vemos la estrella ya no existe. Las estrellas también mueren.

¡Plaf! Fue como un golpe. ¡La inmensidad, lo inimaginable, apareció de repente ante mí!

—¿Has oído lo que han dicho? —pregunté a mi madre.

—¿Quién?

—En la radio.
—No, no me he dado cuenta. ¿Pero quieres dejar las aceitunas?
—¿Y cómo miden la distancia?
—¿Qué distancia?
—¡La de las estrellas!
—¡Y yo qué sé! Eso lo hacen los físicos.

Cada vez estaba más asombrado. No me cabía en la cabeza el desinterés de mi madre.

—¿Pero sabías que hay estrellas que están tan lejos de la Tierra que la luz que sale de ellas tarda muchos, muchísimos siglos en llegar a nosotros?

—Sí —dijo mamá—. Eso sí lo sé.

—Pues nunca me has comentado nada, nunca te he oído hablar de ello.

—Bueno, es que no forma parte de nuestra vida ni de nuestros problemas. Pásame el vinagre, hazme el favor.

¡Mira que saberlo mamá y no habérmelo dicho! ¡Y mira que la gente en general pueda vivir sin preocuparse de la grandiosidad que nos rodea! Sólo les importan las ensaladas y demás asuntos domésticos; bueno, ampliémoslo un poco más, digamos que sólo les preocupan los asuntos terrenales, aunque en el fondo hay poca diferencia, porque, si se mira con la vista puesta en el universo, la Tierra es solamente nuestra pequeña casita.

Dejé a mamá poniendo más cebolla en la ensalada; me fui a mi cuarto y empecé a mirar con cierto interés el libro de física. Hojeé la primera lección. Luego me puse a estudiarla, y, como en otra ocasión que también me dio por el estudio, me pareció interesante. Pero esta vez fui más constante. Durante los días que siguieron, aprendí más y más lecciones. ¡Hasta me hice amigo de Pablo, que era un creído, para que me explicara lo que no entendía, y que ya habían explicado en clase. A las pocas semanas me puse al día.

«Está demostrando un mayor interés por el estudio», escribió el director del colegio en el espacio destinado a observaciones que había al final de las notas. «Aunque sería de desear que no descuidara algunas asignaturas.»

Y esa vez fui dócil. No sé muy bien por qué. Quizá pensara que sería interesante ir a la Universidad: un camino trazado, pero que podía dar ideas para construir otros. Y aunque sin tanto entusiasmo, de mala gana y gruñendo, decidí estudiar todas las asignaturas.

Todo aprobado, un sobresaliente y dos notables fue el resultado de ese año. Mis padres estaban muy satisfechos.

—Nos tienes a todos pasmados —me dijo mi padre.

—Bueno, vosotros ya nacisteis bastante pasmados —contesté—, así que no vengáis echándome a mí la culpa.

La alegría y el orgullo parecieron esfumarse en el rostro de mis padres.

—Hijo, lo que es en modales y respeto a los superiores no hay quien te haga cambiar.

Lloviendo piedras

Hay que celebrar los adelantos intelectuales de Víctor. ¡El primer año que aprueba todo en junio! Le daremos un premio. A ver, Víctor, ¿qué quieres? —dijo mi padre.

—Conocer París. Yo nunca he viajado. Ya es hora de que lo haga. En Viajes para Jóvenes organizan uno...

—¡Yo también quiero ir! —saltó mi hermana—. Yo también he aprobado. Lo que pasa es que como ya os tengo acostumbrados, ni lo apreciáis; en cambio, Víctor... —a Berta le podía dar un mal si yo iba y ella no.

Papá, conciliador, contestó:

—En cuanto me den las vacaciones, iremos todos.

Yo estaba encantado. Me pasaba las horas muertas leyendo información y libros sobre París. ¡Qué bonitas fotos tenían algunos! ¡Mira que ir a ver todo eso de verdad! «¡En carne y hueso!»

Un día hojeaba por tercera vez las fotos de un reportaje sobre la noche parisina. Mis padres hablaban en la habitación de al lado. Sus voces, tan conocidas y monótonas, llegaban hasta mí como nos llega el ruido del agua que corre por un río, o el de la lluvia al dar contra el cristal de la ventana, sin que yo prestara atención a su contenido.

De repente, las voces dejaron de ser murmullo, se hicieron palabras, dejaron de ser agua, se convirtieron en piedras.

—Seguro que Víctor se pasa el viaje peleándose con Berta y contestándonos mal. Ahora estudiará, pero está inaguantable.

—Sí, es la edad del pavo.

—Nos va a dar el viaje. Estoy horrorizada. Yo por mí me quedaría aquí tan a gusto.

¿Qué pasó? Un cubo de agua cayó sobre las láminas de París. París se había deshecho. Yo en esas condiciones no quería ir.

El cascarón

PERO, Víctor, ¿qué tontería es esa? ¿Por qué ahora no quieres ir a París con nosotros? —me preguntó mamá con cara de enorme sorpresa.

—Me gustaría ir con los Viajes para Jóvenes.

—Pero si eres casi un niño.

—¿Sí? Pues entonces ya iré yo solo, cuando sea mayor.

—¿Es que te estorbamos?

—¡Soy yo el que os estorbo a vosotros! ¿Por qué no lo confesáis?

Pero mis padres no lo confesaron. Mintieron, fingieron, aseguraron en falso.

—Has entendido mal, nadie dijo eso; un viaje a todos nos vendrá bien.

—Vamos muy a gusto. Eres nuestro hijo, y has aprobado —decían, sonriendo.

Me recordaron la sonrisa con la que, cuando era

pequeñito, me explicaban cómo los Reyes Magos entrarían por la chimenea. ¡Estaba rabioso!

—Aunque sea vuestro hijo y haya aprobado, no hace falta que os sintáis obligados a nada —dije.

—¡Ay, Víctor, pero qué raro te estás volviendo! ¿No te estamos diciendo que vamos muy a gusto?

—Además —dijo papá—, ya hemos pagado a la agencia y no creo que, en estas fechas, nos devuelvan el dinero. Lo he hecho por ti. ¿No nos vas a hacer perder ahora todo eso?

Me fui a mi cuarto de mal humor. ¿Sería verdad lo que decía mi padre?

—No soy el niño que creen, o quieren creer, que soy —me decía—. Puedo ir perfectamente yo solo a París. Además, si no voy, no me importa. ¿Por qué se empeñan en «llevarme»? ¿Tanto les gusta su papel de mártires buenos? ¿Es que no se dan cuenta que así no puedo ir a gusto?

En el coche, al lado de Berta, camino del aeropuerto, encogido entre las maletas, me sentía vencido, derrotado, metido en un cascarón, que en vez de protegerme me oprimía.

Los pollitos nacen sabiendo andar

CUANDO el avión, haciendo un acopio de potencia, empezó a correr por la pista a una velocidad, para mí, inaudita; cuando despegó, cuando comenzó a volar por los aires, ¡qué emoción! ¡Qué despliegue de fuerza y de técnica! ¡Qué avances los humanos! ¡Y yo era uno de esos seres! ¡Un animal racional! Pero ¿a cuántos de esos animales se debía tanto raciocinio, tanto progreso?

La tierra, los coches, las casas, se veían torcidos, como de medio lado. Luego todo se estabilizó. Volamos de una manera tan uniforme que casi no nos dábamos cuenta que nos movíamos. En esto dejamos de ver la tierra: habíamos entrado en una nube. Parecía un cuento de hadas. Veíamos torreones ascendentes y descendentes de nube. Todo era blanco alrededor. La nube nos envolvía. Me imaginé en el vientre de mi madre, envuelto en aguas misteriosas. Pero seguro que no eran blancas. En cambio, el cascarón de los huevos de gallina sí lo es.

No lejos de la casa de la abuela había una granja mecanizada, una granja por todo lo alto.

—Tenemos previsto el nacimiento de los pollitos mañana a las tres. A lo mejor a Berta y a Víctor les gustaría venir a verlo —había dicho Gaspar, que era el encargado.

Y los dos, Berta y yo, acudimos.

Los huevos estaban en la incubadora, se los podía ver a través del cristal. Pero los nacimientos se retrasaban. Eran las tres y media, y ningún pollo había nacido. Llegaron las cuatro, y las cuatro y media, y las cosas seguían igual.

—A que te has equivocado de día —le decía Berta a Gaspar.

—¡Que no! Tened paciencia.

Eran las cinco. Ya nos marchábamos cuando los huevos se empezaron a mover. Los pollitos luchaban por romper el cascarón, el cascarón que hasta entonces los había protegido. ¡Querían salir de él! El primer esfuerzo, la primera batalla que los exigía la vida.

Los había más hábiles y más fuertes que otros. A uno le costó mucho salir. La cabeza se le quedaba dentro de la cáscara. Lo consiguió gracias a su tenacidad.

—A veces alguno no lo logra y muere asfixiado dentro del huevo —dijo Gaspar—. ¡Cosas de la vida!

Era divertido ver nacer a los pollitos, verlos desdoblarse, estirarse, adquirir su forma normal. Era parecido a ver salir a un monigote de una caja de sorpresas, sólo que, como los pollitos lo hacían más despacio, se podía apreciar mejor todo el proceso.

—Nosotros tenemos suerte —dijo Gaspar—: algo nos ayuda nuestra madre.

Los pollitos andaban por la incubadora, piaban ya.

—Sí —contestó su mujer, que también andaba por ahí—, pero nosotros nacemos sin saber andar, sin estar preparados para la vida. Nos tienen que meter en otro cascarón, y luego, ¿quién nos ayuda a romperlo?

¡Yo entonces no lo entendí!

Vagabundo imaginario

¡PARÍS! ¡Qué bonita la vista de los Campos Elíseos! ¡Qué parque el Bois de Boulogne! ¡Qué alegría en las calles del Quartier Latin!

—Víctor, ¿dónde vas? ¡Por Dios, no te pierdas! —decía mamá en cuanto me separaba un poco del grupo para husmear cualquier cosa.

—¡Por Dios, mamá, déjame en paz! Yo sé lo que hago —contestaba yo, exasperado.

—Pero ¿a que te está gustando París? —me preguntaba de vez en cuando, con su sonrisa de hada protectora.

Y yo fruncía el ceño, bajaba la cabeza, no contestaba, y durante un rato me gustaba un poco menos; porque sí, era una ciudad muy bonita, pero me lo habían servido dentro del cascarón del cual quería salir.

Una tarde que mi familia iba, por tercera vez, con

el grupo de la agencia, a ver no sé qué museo, me declaré en huelga, y dije que yo ya no iba más.

—¿Te vas a quedar en el hotel?

—¡Claro que no! Iré a ver casas, calles, cafés, vida. Dadme algo de dinero.

Papá abrió la cartera y me lo dio. Mamá no puso demasiada buena cara ante esa generosidad.

—Apunta las señas del hotel, y si te pierdes, pide un taxi.

¡Qué manía con que me tenía que perder!

Salí a la calle. ¡Lo bonito que es ir donde uno quiere! Ver un museo antes o después del desayuno, y no como lo dice el programa de la agencia. Y ¿qué tal si esa tarde me iba haciendo autostop a Versalles?

La idea me entusiasmó, pero estaba en el centro de París. ¡Anda que hasta que encontrara la carretera de Versalles! Además, ya puestos a irme, lo podía hacer más lejos: a Douville o Trouville. No tenía dinero suficiente para un hotel, pero no hacía frío. Se podía dormir en cualquier parte. Sólo pediría unas monedas a la gente para cenar algo. ¿Y si no me las daban? Yo estaba acostumbrado a cenar todos los días. Bueno, no importaba. Estaba dispuesto a adaptarme. ¿Lo estaba?

En la tarde soleada se abrió ante mí un horizonte amplísimo. Contenía todo el mundo. Un mundo para pasear, un mundo para explorar, un mundo para vivir sin ataduras. ¿Si estuviera descubriendo una vocación? La vocación de vagabundo. No parecía muy brillante, pero eso de ser vago, de andar por ahí sin hacer nada, me iba. «Además —pensé—, ¿para qué ir a la Universidad?, ¿para qué trazar caminos nuevos?

Si a lo mejor, con tantas bombas, tanta contaminación y tantas porras, cuando menos lo esperemos llega el fin del mundo y todo se va al traste.» Mi conversión en un buen estudiante se tambaleó peligrosamente.

En el fondo yo tenía un temperamento dulce, poco agresivo, poco dado al esfuerzo. Sólo pedía vivir, y para mí vivir era, por ejemplo, sentarse en un parque y cerrar los ojos bajo la caricia del sol, para abrirlos de vez en cuando y contemplar los árboles, el césped, etc. Oír los pájaros y luego a comer, o a pasear, o a lo que me diera la gana. Y al día siguiente irme a otro lugar, porque me daba la gana.

El parque de Luxemburgo apareció de repente al otro lado de la calle. Sentí la llamada del destino. Crucé la acera y entré. Una vez ahí me senté en un banco. El césped estaba bañado de sol. Unas niñas corrían con sus trajes de verano. Por lo visto estaban de moda los estampados con frutas. Los vestidos alegraban las orillas del estanque. Una rubita tenía un traje de fresas que la favorecía mucho. ¡Qué ganas daban de pasar de todo, de dejarse de problemas!

No sé la de tiempo que me quedé ahí sin hacer nada, vagabundeando... Poco a poco fue oscureciendo, los niños se fueron, el parque se hizo sombra, se llenó de sueños.

Cuando llegué al hotel mi familia ya estaba ahí.
—¿Dónde has estado? —me preguntaron.
—Por ahí.
—¿Y dónde es por ahí?
—Andando por París. ¡Caramba! —les grité—. No me voy a acordar ahora del nombre de todas las calles.

—Mira que estás raro, hijo. ¡Vaya edad del pavo tonta que tienes!

Como todo en esta vida, nuestra estancia en París llegó a su fin.

El viaje de vuelta, el avión, la carretera del aeropuerto a la ciudad, papá conduciendo, mamá a su lado. Así, vistos desde fuera, ¡qué cascarón tan bonito debíamos formar los cuatro!

—Bueno, se acabó la celebración del premio de Víctor. ¡Qué bien lo hemos pasado todos! —dijo mamá.

Me miró y sonrió. Y su sonrisa me pareció la de una madre sacrificada que cumple con su deber con santa alegría.

—Bueno, déjame en paz —dije.

Papá y mamá cambiaron una mirada de inteligencia.

«Se entienden entre ellos —pensé—. A mí me dejan fuera de ese problema que soy yo. Hacen mal, entre los tres lo podríamos resolver mejor; pero ¿cómo van a recurrir a mí si son ellos los protectores? Además, ¿cómo van a admitir que el problema es que no quieren dejar de serlo?»

No me cortéis las alas

DESPUÉS del «viaje extraordinario a París», fuimos, como todos los veranos, a una casita pequeña que teníamos en la playa. Papá se iría cuando se le acabaran las vacaciones, pero nosotros siempre nos quedábamos más tiempo, y él solía venir a vernos los fines de semana.

Yo me lo pasaba bárbaro ahí. Me gustaban los días largos, el calor, abrir la ventana al despertarme y oír las olas a lo lejos. ¡Qué placer bañarme, nadar, bucear! ¡Abrir los ojos debajo del mar y verlo todo verde! ¡Qué divertido jugar a la pelota en la playa, hacer excursiones! En verano se es mucho más libre que en invierno, siempre encerrado en casa, o en el colegio. Y, para colmo, ese verano se me presentó la ocasión de echar a volar, de ser más libre que nunca. ¡Libre como un pájaro!

La cosa empezó en mi casa. Estábamos sentados

en el suelo, con los ojos brillantes de emoción. Escuchábamos lo que decía Gema. Todos estábamos pendientes de sus labios.

—Saldremos el viernes temprano.

—¡Psssh! No chilles tanto —le advertí—. Más vale que mis padres no se enteren.

—Tarde o temprano se lo tendrás que decir.

Sí, tenía razón. Pero yo odiaba esa idea. ¡Mira que si empezaban a poner pegas para que no fuera!

—Luego haremos a pie todo el camino de la costa —siguió Gema—. Hay senderos a propósito. Dormiremos en las tiendas, y sólo saldremos a la carretera para ir a los pueblos a comprar comida.

—¡No chilles, por favor! —insistí.

Si mi madre lo oyera, si entrara en aquel momento y dijera:

—¿Qué disparates estáis diciendo? ¿No hablaréis en serio?

Algo se rompería. Algo de ese aire de montañas y océanos que había entrado en el cuarto. Un aire de cristal, de luz.

Por fin mis amigos se despidieron, y yo me quedé solo con la realidad: no podía irme sin que lo supieran mis padres. Capaces de armar un escándalo y llamar a la policía para que me buscara. Claro que podía dejarles una nota que dijera: «Me voy una semana de excursión. No me busquéis»; pero a lo mejor me buscaban de todas formas, a mala idea. Además, me hacía falta dinero. Tenía que comprar un saco de dormir y latas de comida.

Miré distraído al periquito que habían regalado a Berta. Saltaba de barrote en barrote de puro contento que estaba. ¿No se daría cuenta que estaba prisionero? La gente ama tanto a los animales, que hasta corta un ala a los periquitos cuando nacen para que no se puedan escapar, para que tengan que estar siempre a su lado. ¡Verdaderamente, hay amores que matan! Pero el pobre animal no se enteraba. Era tan feliz en la jaula como un niño pequeño en su cuna. No tenía ni idea de lo que se perdía, de que había periquitos volando libres por selvas tropicales, ganándose la vida, comiendo insectos y otros manjares. Los animales de compañía son niños toda la vida.

—Además de privarte de tu ala, ¡pobre periquito!, también te han privado de la madurez —le dije.

Pero yo no era un animal de compañía. Se tenían que enterar mis padres. Era una persona, y quería volar. ¡Quería ir de excursión con mis compañeros!

¡Qué situación tan tonta! Querer ser libre y no tener dinero ni para un saco de dormir. Esta clase de cosas sólo nos pasa a los jóvenes humanos. Se tendría que solucionar esta situación. Pero los adolescentes somos minoría y no nos hacen caso. En cuanto la gente se convierte en señores o señoras hechos y derechos, se le olvida lo que fue y lo que le pasó, o, en el peor de los casos, le parece bien que otros lo pasen tan mal como ellos lo pasaron. «Ahora me toca a mí tener la sartén por el mango», parecen pensar los muy mala idea.

—A cenar —se oyó de repente.

Era mamá desde la cocina.

Dejé de pensar y fui a llenar el estómago con la comida pagada por mis padres. Nos sentamos a la mesa, y entonces hice acopio de valor y dije:

—Queremos irnos unos días de excursión. A mí me haría falta unas latas de comida y un saco de dormir.

Mi padre, que se había llevado el periódico a la mesa, miró por encima y dijo:

—Ya veremos.

—¡Ni hablar! —exclamó mi madre casi a la vez.

—Ya veremos —repitió mi padre. Tiró el periódico y añadió—: Ahora vamos a comer.

Más tarde, con el oído alerta a lo que pasaba en el cuarto de mis padres, les oí discutir:

—¡Tiene una edad tan peligrosa! ¿Y si hace alguna tontería? —decía mi madre.

—Mujer, pero ¿qué va a hacer? Además, si da igual que esté aquí, si caso no nos hace ninguno.

—Por lo menos le veo —musitó mi madre.

¡Pues vaya razón!

Pero su voz sonó tan insegura al decir esto que comprendí que había perdido la batalla.

Libre como un pájaro

APENAS eran las siete cuando empezamos a andar. Un airecillo fresco nos daba en la cara; toda una naturaleza para disfrutar, a la que conquistar, se extendía delante de nosotros. El cielo azul, sin nubes, sin límites, parecía decirnos:

—¡El mundo es tuyo! ¡Adelante!

Andábamos ligeros, contentos. En esto, una enorme roca nos cortó el paso.

—Esta es la parte más difícil —nos anunció un veterano—. Todo lo demás es camino. ¡Ánimo y a subir! Desde arriba se ve una bonita panorámica.

Empezamos a trepar, pensando en cada instante dónde pondríamos los pies, a qué ranura nos agarraríamos. Bordeando superficies inaccesibles para subir por otro lado menos arisco.

¡Era verdad! ¡Qué bonita vista se divisaba desde arriba! Podíamos contemplar toda la campiña ribereña ña. Allí estaba el pueblo en que vivíamos; y ese otro, ¿cuál sería? ¿Y el de más allá? Parecíamos dioses en un pedestal, con el mundo a nuestros pies.

La bajada fue más fácil. La roca no era tan abrupta por aquel lado. Y luego el camino junto al mar, junto al infinito. Pasamos playas desiertas, llenas de gaviotas, y acantilados vertiginosos. Y por el otro lado el campo lleno de brezo, de margaritas, de flores multicolores. Era como emborracharse de sol, de espacios abiertos. De vez en cuando, se divisaba un pueblo pintoresco, o algún puerto pesquero junto al mar.

Unos días llovió. A mí no me importó. Daba más la sensación de aventura, de veracidad, a la caminata. ¡No era un simple paseo que se podía interrumpir cuando se quisiera! Estábamos unidos a la naturaleza y a sus elementos. Además, todos llevábamos capas de lluvia.

Cuando, ya de vuelta a nuestras casas, después de unos días maravillosos, tuvimos que escalar otra vez la gran roca, el mar estaba muy embravecido. Chocaba contra ella, levantando chorros de agua blanca.

—Igual nos mojamos.

—Tened cuidado —dijo el veterano—. Ahora el lado difícil pilla de bajada, que es peor.

El ruido del mar era tan fuerte que teníamos que chillar para entendernos. El agua y la humedad hacían más escurridiza la roca. Tardamos bastante en bajarla. No es por presumir, pero fui de los primeros en llegar. Esperamos a que bajaran todos, pero... ¡Marcos nunca bajó!

Marcos

ESPERAMOS mucho tiempo. El último que había visto a Marcos era Carlos. Nos dijo que le vio quedarse un poco detrás para atarse el cordón de una bota, cuando ya casi estábamos llegando abajo y ya habíamos pasado lo más difícil. Subimos otra vez a buscarle, le llamamos a gritos. El ruido indiferente de las olas, rompiendo contra la roca, fue la única respuesta.

Angustiados, fuimos al pueblo a pedir ayuda. Sólo tres se quedaron por si, por fin, aparecía.

Nadie quería decírselo a sus padres.

—Lo primero que hay que hacer es ir a la Guardia Civil. Ellos tienen más medios que nosotros para rastrear la roca.

Y la Guardia Civil llamó a sus padres. Todo eran lágrimas y angustia. Se le buscó hasta muy entrada la noche. Entre todos los padres (la noticia corrió como la pólvora) lograron que saliera un helicóptero, desde el cual la visibilidad de la roca era total. ¡Inútil! A Marcos se le había tragado la tierra, o, todavía me estremezco al pensarlo, el mar.

De madrugada, cuando bajó la marea, Marcos apareció. Uno de sus brazos se había quedado enganchado en la parte de abajo de la roca, y por eso el mar no se le había llevado. No quiero acordarme de su cuerpo muerto, rígido, frío, mal oliente, que apenas hacía unas horas había estado lleno de vida, de alegría, capaz de saltar, de reír, de pensar. Tantas lágrimas de sus padres, de sus hermanos, de nosotros mismos que se derramaron. ¡Dios mío!, y cada esquela de un periódico, cada vez que nos anuncian una muerte (a veces, cientos) en un telediario, hacen alusión a un drama parecido. Cada vez que suena un tiro en una película, y vemos caer a la víctima, es todo esto lo que significa.

El entierro fue al día siguiente. Se colocó una lápida que ponía: «Tus padres no te olvidan». Las flores, ¡qué de coronas! Todos habíamos colaborado. Por fin nos dirigimos a la salida del cementerio. De entre el cortejo salió una risita que me hirió como un cuchillo. ¡Qué persona más estúpida! ¡Ser capaz de reírse en esos momentos!

—De ahora en adelante siempre me descubriré ante un coche fúnebre, ante una tumba, ante lo que ello significa.

Seguimos andando entre lápidas. Me fijé que muchas de ellas se habían cubierto de moho y sus letras eran ilegibles. Un ramo de flores marchitas yacía sobre una de ellas.

Llegamos a casa. Nos saludó *Moncho,* así se llamaba el periquito de Berta, con un alegre piar.

—¡Tú también morirás! —le dije.

«Pío», contestó.

¡No se enteraba! Pero nosotros, ¡pobres humanos! ¿Realmente lo tenemos asumido?

«Pío», volvió a berrear el periquito.

—¡Cállate! —le dije enfadado.

Su chillón y despreocupado piar me había recordado las risas que oí a la salida del cementerio.

Poco a poco todos volvimos a nuestra vida normal. Casi sin darnos cuenta empezamos de nuevo a jugar. Un día, ya a finales de verano, corría yo con todas mis fuerzas por la orilla. Carlos venía detrás, dispuesto a arrebatarme la pelota ¡Qué divertido era! Nuestros pies descalzos salpicaban agua. Rayos de sol se reflejaban en el mar, y, en esto, me pareció que formaban una corona de flores marchitas. Era la corona que entre todos compramos para Marcos. Flotaba sobre una lápida, verde a causa del moho, cuyas letras ya eran ilegibles.

Carlos me alcanzó con tal fuerza que me tiró al suelo.

—Pero ¿en qué piensas, atontado? ¿Por qué te paraste?

Yo no respondí.

Aquella noche tardé en dormirme. Todavía hacía calor. De puntillas me levanté y salí a la terraza. Ahí estaban las estrellas, mandándonos su luminoso mensaje desde distancias inimaginables. Y entonces, por primera vez, sentí rabia y rencor contra ellas, me pareció que su grandiosidad nos aplastaba.

Elena

YA íbamos por la mitad de curso. Atrás quedó el verano, y también las Navidades. Esas Navidades pasadas con mi abuela en el sur. ¡Qué pronto comenzaban las clases! ¡Qué pereza levantarse tan temprano!

Hacía frío, apenas había amanecido, pero la ciudad era ya un puro hervidero de gente que se dirigía a su trabajo. Sus pasos eran seguros. Todos tenían bien trazado el camino a esas horas de la mañana: llegar cuanto antes a la oficina, al taller, a la fábrica. De las estaciones del metro salían de vez en cuando oleadas de personas que se dispersaban luego en ese río humano que eran las calles.

Era gente triunfadora, la que había conseguido un empleo. Y sin embargo —pensé— era gente esclava de un horario, de un jefe, de su propio trabajo. Claro que todas esas personas podían ser libres en vacaciones, irse adonde quisieran sin depender de papá y mamá para comprarse un saco de dormir. Pero las vacaciones no eran el grueso de sus vidas; sólo eran un descanso para poder comenzar de nuevo. ¿Habrá algo que merezca tanta dedicación? o ¿es simplemente que hay que ganarse el pan para vivir? Y ¿vivir para ganarse el pan? ¿Es la vida, en su gran parte, una lucha por la vida?

¡Qué lío! La verdad es que cuando me ponía a pensar nunca entendía nada.

Bueno, yo de momento sólo me estaba preparando para... ¿para qué? ¿Para ALGO? ¿Quería quizá llegar a las estrellas? ¿Surgirían soles de toda esa información sobre átomos, magnetismos y demás parentela que explicaban en clase y que tan rollo me parecían a veces?

Y en esto apareció Elena. Una estrella brillante al alcance de mi mano. Una estrella que a veces distaba de mí menos de un metro. Pero hay distancias que no se miden por metros, ni por años luz. Y no por tocar una estrella se la alcanza.

Hacía mucho que Elena me gustaba, y un día...

—¿Alguien sería capaz de componer una radio con estas piezas? —dijo el profesor, después de explicarnos cómo funcionan esos aparatos.

—Yo lo haré —dije.

Pero no me salió muy bien, porque cuando lo fui a probar el aparato dio un estallido. Todos se llevaron un susto, menos Elena, que se echó a reír.

—¡Es un chico genial! —dijo.

¡Lo había dicho por mí! Y no precisamente por mi éxito, sino por mí y sólo por mí. El estallido le había hecho gracia por ser obra mía.

Eso me animó a acercarme a ella, a hablarle, a invitarle a salir. No sé la de veces que estuvimos juntos. Íbamos a la cafetería que había al lado del colegio y tomábamos batidos y helados. Otras veces, cuando hacía buen tiempo, nos escapábamos de clase para pasear y sentarnos en un parque cercano.

Nuestra conversación fluía como el agua de un río. Lo de menos era lo que decíamos; lo importante era que estábamos juntos, que nos sentíamos a gusto. Pasábamos ratos sin hablar, sosteniendo mutuamente nuestras miradas. Eran miradas que no cohibían, que no poseían, que no interrogaban. Eran miradas que se recreaban la una en la otra, que se compenetraban, que se apoyaban mutuamente y hacían sonreír.

Pero, ¡ay!, a Elena también le gustaba que saliéramos en grupo con los demás alumnos, hablar con otros, reír con otros. Entonces sentía que se me escapaba, se me escurría entre los dedos como el agua de una cascada que se intenta retener en las manos.

Y Elena se escurrió del todo. Yo apretaba los dedos, pero inútilmente: se colaba entre ellos. Y un día me di cuenta que en mis manos no quedaba ni una gota de Elena.

Sucedió...

Intermedio 2.º

ME estoy mareando. ¡Qué velocidad! Los días de mi vida pasan como una película a cámara rápida. ¡Imposible describirlos con detalle! Voy a clase, vuelvo de clase, y voy a clase otra vez. Me peleo con Elena, salgo de paseo con Elena, Elena se ríe con otro, Elena se ríe conmigo, Elena se enfada. Hago las paces con Elena y nos volvemos a enfadar. Volvemos a salir juntos. ¡Y todo con una rapidez! ¿Cuántos saltos por minuto da un canario sobre sus dos únicos barrotes?

En esto la película se detiene. Ahora va a cámara lenta, y cada emoción, cada saltito, adquiere una gran importancia, una importancia que no tiene. Una importancia que fulmina con su luz un trocito de mi vida, pero que se pierde en su conjunto. Una importancia que la humanidad y el universo ignoran.

Parte III

No pidas las estrellas

Conflictos, incertidumbres y demás gaitas

NO es que yo fuera celoso. ¡Qué va!, pero me ponía nervioso que ese chico, Ricardo, siempre estuviera en medio. En cuanto podía se pegaba a Elena y a mí y no nos dejaba ni a sol ni a sombra. Creo que lo hacía por fastidiarme. Siempre me había tenido manía, o ¿le gustaría también Elena?

El día del cumpleaños de una compañera nuestra, nos habíamos reunido en su casa, y Ricardo nos seguía a todas partes, hablando mucho, riéndose muy fuerte, y la tonta de Elena venga a llevarle la corriente. Me fui a otro lado por no aguantarlo, y porque creí que Elena me seguiría. Pero no, no me siguió, y ella y Ricardo se quedaron tan anchos, hablando los dos. Yo no podía quitarles ojo.

En esto se acercaron.

—Ricardo y yo nos vamos por ahí a tomar unas cervezas. ¿Quién se viene?

¡Me dio una rabia! ¡Lo habían decidido ellos dos solos, sin contar conmigo para nada!

—Yo me quedo —dije, de mal humor—. Estoy aquí muy a gusto.

Y me quedé, aunque nada a gusto. De vuelta a casa, una chica, que se llamaba Ana, y yo anduvimos juntos un rato, hasta que nuestros caminos se separaron. ¡Qué casualidad!, resultaba que a ella le gustaba muchísimo Ricardo.

—Son unos bobos —me dijo—. Mejor no haber ido con ellos. ¡Que se crean que no nos importan!

—Eso —dije yo, tratando de disimular la desazón que sentía por dentro.

Acababa de llegar a mi casa cuando Ana me llamó por teléfono. Había cambiado de opinión. ¡Qué cabecita loca!

—Te das cuenta de lo que hemos hecho. Les hemos dejado el campo libre a esos dos. ¡A saber lo que estarán haciendo! ¿Por qué no vamos a unas cuantas cervecerías de por ahí a ver si los vemos?

—No —le dije—. Yo no voy. ¡Que hagan lo que quieran!

Cuando colgué el teléfono estaba de un humor de perros.

—¿Quién es esa tal Ana que te ha llamado? —preguntó mamá con una sonrisita muy significativa y maliciosa—. ¿Es que le gustas?

¡Válgame Dios, con lo que salía ahora mamá!

Por toda contestación me encerré en mi cuarto, dando un portazo.

—No le hagas demasiado caso —oí que le aconsejaba papá—. Todos hemos hecho cosas así a su edad.

Al día siguiente, al abrir el pupitre, vi un barco de papel hecho con una servilleta de no sé qué bar. En su casco ponía: «La cerveza estaba buenísima. Me acordé de ti bebiéndola. ¡Eres un soso! Elena.»

Sonreí.

¡Qué ganas me dio de enseñárselo a Ricardo!

vale la pena

roca peña / peñón

Y más gaitas todavía

A los pocos días, Elena, todo simpatía y amabilidad, me enseñó su colección de plumas de escribir.

—La que más me gusta es ésta —le comenté, señalando una dorada.

—Pues llévatela, te la regalo.

—No, no. ¡Es una tontería! Yo no colecciono plumas.

—No importa. De todas maneras, te la regalo.

—¡No seas boba!

Elena siguió insistiendo, y por no discutir la cogí. Pero luego me dio pena: estropeaba su colección y yo no la quería para nada. Así que, sin que ella se diera cuenta, la volví a dejar en su sitio.

Cuando me marché estaba molesto. No sabía si había hecho bien.

A la mañana siguiente, Elena pasó por mi lado,

toda seria, y no me saludó. A lo mejor se lo había tomado como un desprecio. Bueno, también podía ser que no me hubiera visto. ¿Cuál de las dos cosas sería?

«Pues si se ha enfadado ya se le pasará», me dije, haciéndome el fuerte.

Pero ¿y si no se le pasaba?

«No creo que sea tan picajosa», me volví, tratando de tranquilizarme.

El caso es que hay veces que una tontería sienta muy mal. ¡Mira que si había metido la pata para siempre!

—Víctor, sal al encerado a resolver este problema.

¡Los profesores siempre tan oportunos! Lo hice todo mal. Me pasé el día preocupado, dando vueltas y vueltas al asunto. A la salida me acerqué a Elena con algo de miedo.

—¡Por fin no te llevaste la pluma, cabezota! —me dijo.

—Es que no quería que te quedaras sin ella. Estaba muy bien en tu colección.

Elena no quiso discutir más.

—¡Pues tú te lo pierdes! ¿Vamos a tomar un helado?

¡No se había enfadado! Bueno, al menos eso pensé.

Lo inmediato y lo lejano

LLEGÓ la primavera, y después de comer, hasta la hora de entrar en clase, Elena y yo nos sentábamos en la hierba del jardín del colegio. Ese día estábamos tan a gusto cuando, ¡cómo no!, apareció Ricardo, que empezó a hablar y hablar. Nos explicó que iba a estudiar Arquitectura y que iba a ganar muchísimo dinero haciendo casas.

—¿Y tú, qué vas a estudiar? —me preguntó.

¡Vaya! Era una de las pocas veces que se dignaba dirigirme la palabra.

—Haré Físicas, y luego cogeré la rama de Astronomía.

—¿Astronomía? ¡Vaya idea rara! Y ¿por qué diantre te ha dado por ahí?

—Me fascina la inmensidad del universo —respondí secamente.

Ricardo tardó en contestar.

—¿Y te vas a dedicar a estudiar la inmensidad del universo? ¡Vaya tontería!

¡Ya sabía yo que el pobre no iba a comprender nada!

—¿Por qué es una tontería? —le desafié.

—Porque sí. Porque es una estupidez. ¿Qué me importa a mí la inmensidad del universo? Que me den doscientos metros cuadrados en una ciudad, ¡sólo doscientos metros! y con ellos puedo hacer cien viviendas para cien familias. ¿Te das cuenta todo lo que cabe y todo lo que supone esos doscientos metros cuadrados? ¿Sabes lo difícil que es para mucha gente conseguir aunque sea un cuchitril para vivir y lo que luchan por ello? ¡Y me vienes hablando de espacios infinitos!

—No tiene nada que ver una cosa con otra —dije.

Elena no tomaba parte en la conversación, pero sus ojos daban la razón a Ricardo.

—¡Bah! —dijo éste—. Te sentirás superior por hablar así.

—Te equivocas. Hablando así se siente uno muy inferior. Yo diría que abrumadoramente pequeño.

—Tú estás chalado, chico; no tienes los pies en el suelo. Nunca llegarás a nada.

—Bueno, sí —dijo Elena, sonriendo—. Si estudia Astronomía puede llegar a estrellarse.

Ella y Ricardo rieron.

La miré desilusionado. ¿Cómo podía tomarse a la ligera cosas tan trascendentes? Quizá el origen y el sentido de nuestras vidas está ahí escondido. ¿Y la noche en que la expliqué que esa estrellita tan pequeñita era millones de veces mayor que el sol, y ella escuchaba sonriendo embelesada? ¿Fingía o es que la explicación no significó para ella más que el estallido de la radio? ¿Cómo no me habría dado cuenta antes? Elena y yo no teníamos nada en común.

Desde entonces nos distanciamos. El día que la vi paseando por el parque de la mano de Ricardo no sentí ni pena ni gloria: sólo un poquito de rabia.

ojala – hope so
    – let it be

cenar

rechazo
rejed / deny

hoguera – Bonfire
estoy harto de

Bajo las estrellas

TODO era aroma y estrellas en aquella noche de San Juan. Mis padres y Berta se habían ido a la fiesta del club de tenis. Yo no quise acompañarles.

—Rechaza todo lo que se le propone —había comentado mamá—. Siempre le ha divertido saltar la hoguera del club.

¡Claro! Por eso estaba ya harto. ¡Todos los años lo mismo! ¡Menudo rollo!

Cené solo y salí a dar una vuelta. Las calles estaban vacías. Todo el mundo debía de estar celebrando San Juan en alguna parte. De algunos jardines salían risas y los resplandores de una hoguera, y a lo lejos se oía una música. Habían organizado un baile en la plaza. Me acerqué despacio hasta allí. La pista estaba llena de gente que se movía alegre, todos juntos, bajo un mismo ritmo. Me quedé mirándoles apoyado en un árbol.

La música, el cielo, el olor a flores, los árboles iluminados. ¡Era todo tan bonito! Sin embargo, mi alma se llenó de un anhelo indefinido, con sabor a melancolía, a insatisfacción.

En esto:

—¿En qué piensas? —me preguntaron.

A mi lado había una chica. No era Elena, pero me la recordó en un «no sé qué».

Sonreí.

—¡Ni yo mismo lo sé! —respondí.

—Intenta explicarlo.

Volví a sonreír sin contestar.

—¿Tú no bailas? —siguió ella, erre que erre.

¡Mira que tenía ganas de conversación! Bueno, ella lo había querido. La iba a dejar de una pieza.

—Todos estamos bailando —la espeté—. La tierra, el sol. Todo está dando vueltas, sólo Dios sabe bajo qué sones. Y nosotros con ellos.

¿Por qué dije eso? Evidentemente, no era la respuesta adecuada. Ella no se refería a ese baile.

La chica enmudeció ante semejante salida.

—Pero somos demasiado pequeños para notarlo, y tan tontos que ni nos damos cuenta —seguí yo, dale que te pego. ¿Estaría descargando mi rencor contra «Elenas» y «Ricardos»?

Y entonces pasó lo inesperado. En vez de largarse en busca de un compañero más despreocupado, la chica me contestó agresivamente:

—El que no te das cuenta eres tú.

—¿Qué quieres decir?

—Las estrellas están muy bonitas desde aquí. No intentes llegar hasta ellas. Te romperías la crisma. Asume tu pequeñez y conténtate con contemplarlas.

La muchacha tenía razón. Las estrellas estaban preciosas.

—Sin embargo —dije—, yo merezco más.

—Ah, ¿sí? ¿Quién te lo ha dicho?

—Mi inquietud, mi curiosidad, mi insatisfacción, mi propia rebeldía.

La música era suave, la hora mágica. La chica se apoyó también en el árbol, a mi lado, y yo noté, noté... que me estaba dando la razón, que estaba sintiendo lo mismo que yo.

—Debe haber algún camino... —musitó.

No pude oír más. Fue como una explosión. La orquesta empezó a tocar un ritmo desenfrenado, y la gente, como marionetas, a brincar y retorcerse al compás. El encanto se rompió. Me pareció que una ola sonora nos había arrollado con sus notas estridentes, llevándose nuestra conversación, como se llevan las olas del mar los castillos de arena que hacen los niños en la orilla.

—¿Bailamos? —me preguntó mi compañera.

Y ahora, a mi lado, sólo había quedado una chica que quería bailar.

—¡Pero si lo hago muy mal!

—¡No importa! ¡Vamos!

La seguí sin mucho entusiasmo.

La muchacha empezó a bailar. Se contorsionaba siguiendo la música. Mirándola, otra vez, me acordé del periquito de Berta cuando saltaba alegre al sol. ¿No se daría cuenta de que estaba prisionero, o lo haría por no pensarlo, por aturdirse?

Empecé también a bailar. La pareja de al lado nos miró y nos sonrió, porque... Porque estábamos haciendo lo mismo que ellos. ¡Eran compañeros! Me gustó esa sonrisa. Cuando estaba yo solo en el árbol nadie me sonreía.

Un poco más allá vi al bisutero que vivía cerca de nosotros. Estaba bailando con su hija, una niña de nueve años. Él la estaba enseñando. Ambos sonreían.

Conocía bien a ese bisutero. Se había hecho amigo de mis padres. La tienda, el trabajo, las pequeñas diversiones, eran todas sus preocupaciones, toda su vida. Y la vida era como su casa. Algo a lo que se había acoplado perfectamente, donde se sentía feliz.

Yo era diferente, pero el ritmo se me estaba metiendo dentro del cuerpo, y en aquel momento éramos casi iguales. De repente me sentí a gusto, arropado, acompañado por toda esa masa humana que bailaba. Decidí dejarme de problemas y sonreí a mi compañera.

Intermedio 3.º

Y sonreí a mi compañera», acababa de escribir. ¡Qué bonitas son las sonrisas! Son puntos luminosos en la vida como las estrellas en el cielo.

Estaba pensando esto cuando una nebulosa invadió mi mente. ¡Qué cansado estaba! Había escrito y escrito. Había plasmado trozos de mi vida, y en esto... ¿Pero qué me pasaba? ¡En ese momento ya no los recordaba! ¡No recordaba nada! Todo había vuelto a pasar al olvido.

De repente me sentía viejo. Y sobre todo me sentía cansado, muy cansado. En algún reloj sonaron las doce. Me levanté para irme a la cama. Mientras me ponía el pijama pensé que al día siguiente tendría que leer mi propio libro para recordar mi propia vida.

Por fin me acosté. El sueño me invadió, la nebulosa cada vez era mayor, mi pensamiento se fue, entró en un dulce balanceo de ideas. Ya no me pertenecía. En esto...

arrolladora

arrolla
overwhelming
crushing

sonorous/loud

bisutería (tienda joyas)

Epílogo

ERA una ola inmensa, poderosa, arrolladora, la que me envolvió en su espuma sonora haciéndome dar vueltas vertiginosas.

Envueltos en ella estaban también el bisutero, Elena, Ricardo, mis padres y mucha otra gente. Todos éramos periquitos que saltaban en sus jaulas. Unas jaulas hechas de tiempo, de espacio, de caminos trazados.

—¿Bailamos? —me dijo una chica.

—¡Pero si lo hago muy mal! —contesté.

—No importa. Vamos.

La seguí sin mucho entusiasmo. Llegamos a la pista y empezamos a bailar con los demás.

La chica había desaparecido, pero en su lugar estaba Ricardo.

—Tú estás chiflado —me dijo—, pero necesitas una casa donde vivir y yo la puedo hacer para ti.

El baile seguía. Ricardo dio una vuelta y me encontré enfrente de un señor con un uniforme azul. También le conocía. Era el conductor del autobús que me llevaba al colegio de niño.

—No se apure —me dijo—. Cuando le haga falta yo puedo llevarle a su casa o adonde usted quiera.

Ahora era un señor con una caja de herramientas en la mano el que estaba bailando enfrente de mí. ¡También le conocía! Había estado en mi casa una vez que se estropeó el teléfono.

—Ya puede hablar usted cuando quiera, señora —le decía a mi madre.

Y mi madre contestaba:

—¡Gracias a Dios! ¡En una ciudad como esta el teléfono es necesario!

Y más allá otro señor gritaba:

—Este invierno nadie se aburrirá como los pájaros en sus nidos. La compañía eléctrica está capacitada para suministrar energía a toda la ciudad. Se podrá leer, ver la tele… —el señor seguía diciendo cosas cuando desapareció de mi vista.

En esto, la música se hizo suave, muy suave, y de entre la muchedumbre vi a la muchacha del pelo multicolor. ¡El amor platónico de mi niñez! Estaba muy guapa. Llevaba un collar muy bonito con unos pendientes a juego, como los que hacía mi vecino el bisutero. Era una nota de color en medio del baile. La chica se colocó frente a mí y me sonrió. Y ahí, a lo lejos, lejos, vi a mi abuela, que también sonreía. ¡Todos estábamos en esa ola! ¡El mismo destino nos envolvía!

La música cesó poco a poco. La gente aplaudió a la orquesta. Alguien descorchó una botella de champán. Yo acerqué mi copa y brindé. Brindé por todos los que ponen su granito de arena para que el mundo marche, y en especial por aquellos que allá, en el fondo de su alma, sienten una inquietud, para que algún día se resuelva el misterio capaz de acallarla. Y por mí, siempre rebelde, siempre luchando, pero siempre atrapado por los caminos de la vida, por sus dificultades, por sus barreras. Sí, brindé por mi vida, porque, aunque no logre llegar a las estrellas, sin duda, contribuiré a añadir un peldaño a la escalera que lleva a ellas.

En realidad, ningún invento notable se ha debido a una sola persona. Los hombres han ido apoyándose los unos en los trabajos de los otros, y algunos de estos trabajos, aparentemente monótonos y sin interés, han resultado luego de una gran ayuda. En cierto modo todos los inventos son inventos de la humanidad. Pertenecen a ella.

La chica del pelo multicolor se acercó sonriendo y volvió a llenar mi copa. Y yo volví a brindar. Esta vez no por los hombres y mujeres que lograron o lograrán triunfar, sino por aquellos que lo intentaron o intentarán.

TÍTULOS PUBLICADOS

51
RAMONA Y SU PADRE
AUTORA: BEVERLY CLEARY
ILUSTRADOR: ALAN TIEGREEN

52
CUENTOS Y LEYENDAS DE LA CONQUISTA DEL CIELO Y EL ESPACIO
AUTOR: CHRISTIAN GRENIER
ILUSTRADOR: RAFAEL SALMERÓN

53
EL BOLSO AMARILLO
AUTORA: LYGIA BOJUNGA
ILUSTRADORA: ARACELI SANZ

54
NO MIRES AHORA
AUTOR: CARLOS PUERTO

55
EL PARANGUARICUTIRIMICUARO QUE NO SABÍA QUIÉN ERA
AUTOR: JOSÉ M.ª PLAZA
ILUSTRADOR: JOSÉ M.ª GALLEGO

56
COLMILLO BLANCO
AUTOR: JACK LONDON

57
LA ISLA DEL TESORO
AUTOR: ROBERT LOUIS STEVENSON

58
EL ÚLTIMO MOHICANO
AUTOR: JAMES FENIMORE COOPER

59
CIUDADES
AUTOR: FRAN ALONSO
ILUSTRADOR: PABLO OTERO PEIXE

60
LA ISLA DE LOS ESCLAVOS FELICES
AUTOR: SEVE CALLEJA

61
SOPABOBA
AUTOR: FERNANDO ALONSO
ILUSTRADOR: TINO GATAGÁN

62
EL BOSQUE ENCANTADO
AUTOR: JOLES SENNELL
ILUSTRADORA: VIVÍ ESCRIVÁ

63
SIMBAD EL MARINO
AUTOR: ANÓNIMO
ILUSTRADOR: ALBERTO URDIALES

64
LAS AVENTURAS DE LOS DETECTIVES DEL FARO
AUTOR: KLAUS BLIESENER
ILUSTRACIONES DEL AUTOR

65
HISTORIAS DE SAN TORONDÓN
AUTOR: JUAN MIGUEL SÁNCHEZ VIGIL
ILUSTRADOR: LUIS MIGUEL DOYAGUE

66
CAMINO DE ETIOPÍA
AUTOR: JOSÉ LUIS OLAIZOLA
ILUSTRADORA: CARMEN GARCÍA IGLESIAS

67
CAMINOS SIN TRAZAR
AUTORA: CONSUELO ARMIJO

68
***CUENTOS Y LEYENDAS EN TORNO
AL MEDITERRÁNEO***
AUTORA: CLAIRE DEROUIN
ILUSTRADOR: FERNANDO GÓMEZ

69
EL ARCHIPIÉLAGO GARCÍA
AUTOR: ALFREDO GÓMEZ CERDÁ

70
RAMONA Y SU MADRE
AUTORA: BEVERLY CLEARY
ILUSTRADOR: ALAN TIEGREEN

71
EL FUEGO DE LOS PASTORES
AUTORA: CONCHA LÓPEZ NARVÁEZ
ILUSTRADOR: RAFAEL SALMERÓN

72
LA FUGA
AUTOR: CARLOS VILLANES CAIRO

73
AVENTURAS DE ROBINSON CRUSOE
AUTOR: DANIEL DEFOE

74
CAPITANES INTRÉPIDOS
AUTOR: RUDYARD KIPLING

75
LAS AVENTURAS DE TOM SAWYER
AUTOR: MARK TWAIN

76
***ENTRE EL CLAVEL Y LA ROSA.
ANTOLOGÍA DE LA POESÍA ESPAÑOLA***
SELECCIÓN: JOSÉ M.ª PLAZA
ILUSTRADORES: PABLO AMARGO Y NOEMÍ VILLAMURA